아프다고
말해주면
좋겠어

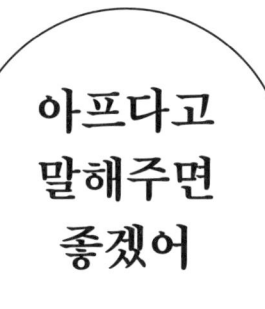

아프다고
말해주면
좋겠어

상처 입은 동물들을 구조하며 써내려간 간절함의 기록

✳

김정호 지음

어크로스

--- ✳

프 롤 로 그

야생의 세계에 매혹되어 야생동물 수의사의 꿈을 꾸게 한 영화 〈아웃 오브 아프리카〉의 한 장면. 여주인공 카렌(메릴 스트립 분)은 사자가 다가오자 데니스(로버트 레드포드 분)에게 총을 쏘라고 재촉한다. 데니스는 "도망치면 사냥감인 줄 아니까 가만있어요"라고 카렌을 진정시키며 사자의 행동을 관찰한다. 사자가 가고 나자 카렌은 안도의 한숨을 내쉬면서도 데니스에게 원망을 쏟아낸다.

"도대체 사자가 얼마나 가까이 올 때까지 안 쏘려고 했어요?"

"사자에게 기회를 주려고 한 거예요."

"내가 사자의 점심이 될 뻔했잖아요!"

"그렇다 하더라도 사자의 잘못은 아니죠. 사자니까!"

데니스는 섣불리 오해하지 않고 관찰을 통해 사자의 행동을 판단해서 불필요한 희생을 줄였다. 데니스 역을 맡은 배우 로버트 레드포드는 예술과 자연을 위한 삶을 살았다. 자신이 만든 선댄스 영화제를 통해 문화적·지리적 경계를 허문 다양한 관점의 독립영화를 지원했고, 기후변화 대응 및 자연보전 활동에 평생을 바쳤다. 그리고 2025년 9월, 하늘에서 빛나는 별이 되었다.

반면 아프리카 짐바브웨의 한 국립공원에서 보살핌을 받던 사자 세실을 사냥한 파머 같은 사람도 존재한다. 국립공원에서의 사자 사냥은 불법이란 것을 알고 있던 파머는 원주민 사냥꾼들에게 돈을 주고 세실을 공원 밖으로 꾀어내게 했다. 마침 배가 고팠던 세실은 먹이에 이끌려 보호구역을 벗어났고, 기다리고 있던 파머의 석궁에 맞은 후 몇 시간 동안 고통을 느끼며 죽어갔다.

파머의 목적은 단지 사자머리로 벽을 장식하기 위한 일명 '트로피 사냥'이었다. 세실이 달고 있던 대학 연구팀의 위치 추적기로 상황이 파악됐고, 목이 잘린 세실이 발견되면서 이 사건은 세상에 알려졌다. 잔인한 트로피 사냥은 세계인을 분노케 했다. 하지만 파머는 그 후에도 아시아로 건너가 사냥을 계속했다고 한다. 우리의 도덕 감정과 다르게도 그의 행동은 법에 저촉되지 않는다.

...

영화 〈오즈의 마법사〉에도 사자가 등장한다. 주인공들은 각자 자신에게 부족한 것을 오즈의 마법사에게서 구하려는 목적으로 함께 여행한다. 자신을 겁쟁이라 여기는 사자는 용기를 얻길 원한다. 겁쟁이 사자는 우리 동물원에 오기 전 잔뜩 움츠려 있던 바람이를 많이 닮았다.

바람이는 한 실내 동물원에서 먹이 주기 체험용 사자로 살고 있었다. 바람이가 있던 전시장 앞에는 닭꼬치 판매대가 있었다. 방문객들은 닭꼬치를 사서 사자에게 주었다. 사자가 닭꼬치를 잘 받아먹게 하려면 동물원 관리자는 사자를 늘 배고픈 상태로 만들어야 했다. 굶주린 사자의 제보 영상을 본 사람들은 환경이 매우 열악한 그 동물원을 맹비난했다. 어둡고 좁은 공간에 있는 영상 속 사자는 무기력해 보였다. 사회적인 공분을 샀지만, 그 동물원도 합법적으로 운영되는 곳이었다.

나는 그 동물원 대표에게 전화를 걸어 사자를 우리 동물원으로 데려오고 싶다는 뜻을 전했다. 다행히 대표가 사자에 대한 소유권을 포기하면서 7년간 실내에 갇혀 지낸 열아홉 살 사자 바람이는 청주동물원으로 오게 되었다. 의도치 않았지만 바람이의 사연은 언론의 주목을 많이 받았고, 덕분에 우리 동물원이 널리 알려지면서 우리가 추구하는 방향성이 탄력을 받았다. 청주동물원 인스타그램에 썼던 일기를 통해 그 당시 바람이의 모습을 떠올려본다.

2023년 8월 3일

바람이는 이제 간이 방사장에 나와 후덥지근한 숲속 공기를 자주 마시곤 합니다. 오즈의 마법사가 준 녹색 물을 마시고 용기가 생긴 사자처럼 가슴 깊이 녹색 공기를 채운 바람이는 용기를 가지고 주변 물건을 탐색하기 시작했습니다. 담당 동물복지사가 먹보와 도도가 쓰던 통나무를 바람이 칸에 가져다 놓았습니다. 바람이는 두 사자의 냄새가 밴 통나무를 시원한 죽부인처럼 끼고 놉니다. 곧 만날 친구들의 체취에 익숙해지겠죠!

유명세를 탄 바람이를 만나기 위해 많은 분이 오십니다. 아직은 낯선 사람을 두려워하는 바람이와 멀리서 오신 분들의 요청을 둘 다 수용하기 위해 우선 입원실 CCTV를 떼다가 바람이가 있는 곳이 보이도록 설치했습니다.

바람이는 만져볼 수 있는 귀여운 새끼 동물 생산이라는 동

물 전시산업에 의해 태어났다고 해도 과언이 아니다. 성체가
된 후에는 배고픈 백수의 왕을 먹이로 꾀어보는 재미를 위해
좁은 곳에 갇혀 연명했다.

예전에는 전시 동물이 나이 들거나 장애를 갖게 되면 방문
객에게 잘 보이는 앞쪽 방사장이 아닌, 그보다 더 좁은 뒤쪽
공간에 갇혀 지내다가 생을 마감했다. 그러나 동물원에는 어
리고 건강한 동물만 있는 것이 아니다. 동물도 사람처럼, 생
명이라면 필연적으로 겪어야 하는 생로병사를 거친다. 우리
는 어쩌면 암묵적으로 동물들의 후반부 삶, 아프고 나이 들고
고통스러운 삶을 모른 체해왔는지도 모른다.

다행히 우리 사회에 파머는 줄고 데니스가 많아지고 있다
고 느낀다. 나이 든 바람이가 구조되어 전보다 나은 삶을 살
고 있는 것이 그 근거다. 할머니 한 분은 중요한 약속을 뒤로
하고 바람이를 만나려고 멀리서 왔다고 하셨다. 할머니는 같
이 나이 들어가는 바람이를 보며 마치 거울에 비친 자신을 대
하듯 이야기하셨다. 동물원에서 살다 간 동물들의 명패가 붙
어 있는 추모관 벽 아래에는 꼬마들이 두고 간 편지와 함께
사탕이나 과자가 가득하다. 관람이 가능한 방사장과 연결되
어 있는 내실의 문은 늘 열려 있어서 자신을 내보이기 싫은

동물들은 자유롭게 내실에 머물 수 있다. 이런 동물들을 배려하고 이해하는 방문객들이 점점 늘고 있다.

...

동물원 수의사로 근무한 지 25년이 되어간다. 보호자가 없는 공공 영역의 동물을 치료해주고 싶다는 생각으로 시작한 일인데, 내 삶을 예상치 못한 곳으로 데려다 놓았다. 2018년에 웅담 채취용 농장 곰들을 시작으로, 이후 사자 바람이 등 여러 동물을 구조하면서 나도 동물원도 변화를 겪었다. 아직은 그 변화가 동물들에게 좋은 방향이라고 생각되어 다행스럽게 여기고 있다. 이 책에는 그 변화의 과정과, 그 길에서 만난 동물들의 이야기를 담았다.

　많은 동물을 만나고 치료하면서 기쁨과 슬픔을 느끼지만, 겉으로는 감정을 잘 표현하지 않는 편이다. 타종으로서 한계와 타자로서 동물이 정말 어떻게 느끼는지, 얼마나 고통을 받는지에 대해 감히 안다고 할 수 없어서다. 그럼에도 오래 보았던 동물을 떠나보내고 온 날 뜬눈으로 보내는 새벽은 길다. 애써 감정을 지우고 동물을 단지 환자로 보려는 나의 무덤덤

함이 글에도 묻어 건조하게 느껴질지도 모르겠다. 부디 읽는 분들의 양해를 바란다.

〈오즈의 마법사〉의 주제곡인 '오버 더 레인보우Over the rainbow'를 들으며 이 글을 쓰고 있다. "무지개 너머는 하늘이 푸르고 파랑새가 나는 곳, 근심은 레몬 사탕처럼 녹고 감히 꾸는 꿈이 이루어지는 곳"이라는 가사가 참 좋다. 이 책이 '동물을 위해 감히 꾸는 꿈'을 이루는 데 조금이나마 보탬이 되길 바란다.

소리에 놀라지 않는 사자처럼

그물에 걸리지 않는 바람처럼

이곳에서 조금은 더 자유롭게 머물다 가기를.

3   동물을 살리는 일, 사람을 살게 하는 일

1

———————————— ✳ ————————————

동물의 안부를
묻는 사람

죽어야만 나올 수 있는
케이지 앞에서

아침에 동물원을 돌다가 마주친 곰들이 분주했다. 반이와 들이가 낙엽을 모아 땅에 자리를 만들고 있었다. 농장에서 태어나 야생을 경험한 적이 없는 곰들이다. 달이는 가슴의 반달무늬가 가려질 만큼 낙엽을 가득 안고 해먹으로 가서 폭신하게 자리를 만들었다. 살아갈 방법을 스스로 터득한 곰들이 기특했다.

2018년, 환경부(현 기후에너지환경부)에서 개최한 동물원 관계자 회의는 시민 모금으로 구조한 웅담(쓸개즙) 채취용 농장 곰들이 갈 곳을 찾는 자리였다. 동물원에 새 동물을 들이는 일은 결코 쉽지 않다. 곰과 같은 대형 동물은 고려해야 할 요소가 더 많다. 일단 공간을 확보해야 하고, 지속적인 돌봄을 위한 시설이나 인력 등을 마련해야 한다. 여느 동물원들이 주저하는 사이에 우리가 그 곰들을 데려오겠다며 번쩍 손을 들었다.

그해 12월, 농장 곰들을 동물원으로 데려온 그날은 무척 추웠다. 이송 당일, 죽어서야 나올 수 있는 케이지를 살아서 나온 국내 최초의 곰들이라며 세간의 관심이 뜨거웠다. 곰의 쓸개즙이 건강에 좋다며 너도나도 구해 먹던 1980년대에는 농가 소득 증대 차원에서 정부가 곰 사육을 장려하기도 했다. 그러나 1993년 정부가 〈멸종위기에 처한 야생동식물종의 국제거래에 관한 협약(CITES)〉에 가입하면서 곰의 해외 수출이 제한되었고, 국내 수요도 점차 줄어들면서 곰들은 사실상 방치되었다. 열악한 시설에서 지내던 곰들은 그렇게 몇십 년을 견뎌야 했다.

환경단체인 녹색연합이 이런 곰들의 사정을 세상에 알렸고, 시민들의 자발적인 모금을 통해 매입한 곰 네 마리가 바로 '반, 달, 곰, 들'이다. 그 후 환경부와 녹색연합, 청주동물원이 협약을 체결해 2018년에 반이와 달이가 먼저 청주동물원

웅담 채취용 곰을

최초로 구조하던 이날 이후로

곰도, 동물원도, 나의 세상도 달라졌다.

으로 왔고 2019년에는 들이도 함께 살게 되었다. 곰이는 전주동물원으로 가게 되었다.

한 평 남짓한 케이지에서 따로 생활하던 반이, 달이, 들이는 우리 동물원에 온 후 한 공간에서 지내기 시작했다. 곰은 생태적으로 단독생활을 하는 동물이라서 같이 살다 보니 작은 다툼이 목격될 때도 종종 있다. 그러나 대개 다른 곰이 다가오는 것이 싫은 경우에는 혀를 차 "똑똑" 소리를 내어 상대에게 경고의 메시지를 보낸다. 그러면 상대도 더 이상의 접근을 멈춤으로써 불필요한 다툼을 피한다. 함께 살면서 자기들끼리 규칙을 세운 거다.

...

2021년에는 불법 증식된 새끼 곰들을 몰수하러 환경부 직원들과 함께 여주에 있는 곰 농장에 갔다. 그중 두 마리는 우리 동물원에 데려오기로 예정되어 있었다. 곰들은 가건물 속 뜬장(공중 설치 사육장)에서 살고 있었다. 뜬장에서 떨어진 곰들의 분변과 빗물이 섞여 있는 가건물 바닥을 장화로 휘저으면서 들어갔다. 걸음을 옮길 때마다 간신히 바닥에 가라앉아 있던 악취가 올라와 숨쉬기가 어려웠다. 분변이 썩으면서 생긴 메탄가스 때문에 눈도 따끔거렸다.

겁에 질린 채 철창에 매달린 어린 곰들의 엉덩이에 블로건 blowgun(원거리 동물에게 약물을 주입하는 파이프 모양의 장비)을 불어 마취주사기를 꽂았다. 그러고는 마취약이 효과를 보일 때까지 기다렸다가 철창을 열었다. 잠들어 있는 새끼 곰의 다리를 잡아당기자, 새끼 곰은 뜬장 바닥에 붙은 분변을 타고 미끄러져 나왔다.

어떤 새끼 곰은 몸집이 다른 곰의 반밖에 되지 않았다. 얼마 되지도 않는 먹이를 그마저도 다른 곰이 차지하다 보니 잘 먹지 못해 생긴 차이로 보였다. 바닥의 오물을 헤치며 새끼 곰들을 데리고 나오면서 양쪽 철창에 매달린 수십 마리의 곰들의 아우성을 들었다. 새끼 곰들을 동물원에 데려다 놓은 그날 저녁, 두고 온 곰들의 울음소리가 귓가에 남아 이기지도 못하는 술을 꽤나 마셨다.

다음 날, 구출한 곰들의 상태를 밝은 곳에서 제대로 볼 수 있었다. 어린 곰들은 털에 분변이 엉겨 붙어 지저분했다. 사람이 드나드는 출입문에서 가장 멀리 떨어진 벽에 기대어 있던 곰들은 겁먹은 표정으로 우리를 보았다. 곰들의 이름을

동물원으로 오던 날,

킹이와 콩이는 사람과 최대한 멀리 떨어진

구석에 붙어 있었다.

'킹'과 '콩'으로 지었는데, 작은 곰이 콩이 되었다.

그렇게 몇 달이 지나니 사무실 CCTV 화면 속 킹과 콩은 천진하게 술래잡기를 하며 놀게 되었다. 킹과 콩이 살던 동물원의 임시보호 공간은 점점 커지는 곰들의 몸집에 반비례하며 작아져 갔다. 환경부가 사육곰을 위한 곰 생츄어리(보호시설)를 만들어서, 킹과 콩을 그곳에 보내려고 한다. 생츄어리에 가고 나서 얼마간은 킹과 콩을 알아볼 테지만, 시간이 지나 다른 곰들과 섞이면 알아보지 못할 수도 있다. 떠났으면 안녕을 빌며 서로 잊히는 게 좋다고 생각한다.

…

부모님이 사시는 충청남도 당진에도 곰 농장이 있다. 국내에서 사육되는 곰 284마리 중 90여 마리가 사는 국내 최대 곰 농장이다. 곰들을 구조하면서 다른 농장의 상황도 궁금해졌다. 당진의 곰 농장에 찾아가 곰들을 돕고 싶다는 뜻을 내비쳤다. 동물원 수의사라고 밝혔더니 농장주는 곰들의 건강 문제와 관련해 가끔 내게 연락했고, 우리는 점차 다른 내밀한 문제들에 대해서도 이야기를 나누는 사이가 되었다. 그중 가장 큰 문제는 곰들이 사는 낡은 케이지에 대한 것이었다.

그동안 국내에서는 잊을 만하면 곰들이 탈출하는 일이 벌어졌는데, 그렇게 케이지에서 나온 곰들은 모두 사살됐다. 사고 예방을 위해 당진 농장의 곰들도 하루빨리 보수된 케이지로 옮겨져야 했다. 2022년 봄에는 동물원 수의사, 시민단체, 학생이 뜻을 모아 30마리의 곰을 비교적 튼튼한 케이지로 이동시켰다. 수의사들이 마취를 맡았고 시민단체 사람들과 학생들이 들것으로 곰들을 옮겼다. 곰들은 대부분 탈모를 동반한 피부병에 걸려 있었는데, 동거 개체 간 싸움으로 생긴 오래된 상흔도 있었다. 피부병 치료를 위해서라도 재방문이 필요해 보였다.

농장에 가는 횟수가 늘어나면서 곰들이 개체로 구분됐다. 좁은 케이지에 다가서면 밥을 주는 줄 알고 달려드는 곰들도 있었으나, 대부분 흘깃 쳐다보다 별일 아닌 걸 확인하고는 도로 무기력하게 누워 있었다. 곰들에게서 털을 채취해 스트레스호르몬 수치를 측정해보았다. 환경이 열악해서 수치가 높을 것이라 예상했지만, 의외로 낮은 곰들이 많았다. 자극 없는 무기력한 삶에는 스트레스도 없었다.

새해 연휴에 부모님을 뵙고 오는 길에 농장에 들렀더니 몇

몇 곰들의 배변이 이상하다며 농장주가 걱정을 했다. 그중 상태가 가장 안 좋은 곰을 관할 환경청과 협의해 동물원으로 데려와 검진해보기로 했다. 환경부에서는 농장에서 사육되는 곰들의 이력을 관리하고 있는데, 진료를 위한 이동도 관할 환경청의 허가가 있어야 가능하다. 1월 날씨 예보를 확인하고 곰의 이송 날짜를 정했다.

예정된 이송일에 농장에 도착하니 금강환경청과 당진시 관계자들도 와 있었다. 마취를 위해 곰이 있는 케이지로 가자, 마취용 블로건을 본 곰이 흥분하기 시작했다. 주사를 놓아야 하는 엉덩이는 뼈만 남아 앙상했다. 마취주사를 맞은 곰은 채 몇 분이 지나지 않아 바닥에 엎드렸다. 막대기로 찔러봐도 미동이 없었다. 곰에게 이상적인 마취 유도 시간은 10~20분이다. 마른 몸을 고려해 주사량을 줄였는데 그마저도 과용량이었던 것이다.

날씨가 추워서 마취된 곰의 저체온이 우려되는 상황이었다. 우리는 들것에 곰을 싣고 마을 입구에 대기 중인 대형트럭으로 빠르게 향했다. 겨울철이라 물통의 물이 금방 얼어버려 물도 제대로 마시지 못했을 것이기에 탈수까지 걱정되는 상황이었다. 자칫하면 응급상황이 발생할 수도 있었다. 급한

대로 곰의 피하층 여기저기에 바늘을 꽂고 최대한 수액을 많이 주입했다. 곰은 회복제를 맞고도 한참 후에야 머리를 움직였다. 차량으로 동물을 이송할 때는 마취에서 완전히 회복된 후 이동하는 것을 원칙으로 하지만, 트럭이 달려야 적재함 온도가 상승해 곰의 체온을 유지시킬 수 있으므로 서둘러 청주로 향했다.

열악한 환경에서 살던 동물들이 대개 그렇듯 새로 온 곰도 동물원의 격리사를 낯설어했고 인기척에 자주 놀랐다. 그런 상황을 잘 아는 동물복지사(예전에는 사육사라고 불렀다)들은 얼른 음식만 주고 자리를 피한 뒤 화면으로 곰을 관찰했다. 화면 속 곰의 불안은 쉽게 사라지지 않았다. 곰은 처음 보는 사료, 고구마, 당근, 밤, 방울토마토, 메추리알 등을 먹을 수 있는 것이라 여기지 않았다. 망설이던 곰이 배고픔을 참을 수 없었는지 마침내 사과를 먹었다. 그동안 얼마나 심각한 영양 부족에 시달렸을까. 마음이 짠했다. 곰이 기운을 차리면 무슨 질병을 가지고 있는지 알아보기 위해 이런저런 검사를 하기로 했다.

...

사육곰 농장의 반이와 달이가 온 이듬해, 우리 동물원은 곰사 개선 비용으로 국비가 포함된 2억 원을 받았다. 입사 이래처음 받는 큰돈이었다. 시멘트 바닥에 누워만 있던 동물원 곰들의 환경도 덕분에 좋아졌다. 이후 호랑이, 여우, 산양, 수달, 늑대, 삵 등 야생동물 방사 훈련장을 갖추게 되었고, 실내 동물원에 살던 사자 바람이를 비롯한 동물들을 구조해 데려올 수 있게 한 보호시설들이 들어섰다. 야생동물을 치료하고 재활하는 야생동물보전센터까지 만들 수 있었다. 그 시작은 반이와 달이가 우리 동물원에 온 일이었다. 사람들은 청주동물원이 곰들을 구조했다고 말하지만, 사실 곰들이 청주동물원을 구한 것이다.

어느 출판사에서 우리 동물원의 방향성을 응원하는 편지와 함께 책을 보내준 적이 있다. 마음을 다친 동물들에 관한 책이었는데, 인간의 정신질환과 유사한 점이 많았다. 책을 읽는 내내 당진 곰 농장에 있던 작은 곰 한 마리가 생각났다. 마치 잠투정하는 어린아이가 손을 빨듯 앞발을 입에 넣고 계속 빨고 있는 모습이 불안을 해소하려는 것처럼 보였다. 케이지 안에 있던 그 작은 곰의 세상은 언제쯤 달라질 수 있을까. 푹신한 땅을 딛고, 풀 위를 뒹구는 날은 언제쯤일까. 그런 날이 오면 사람 사는 세상도 그만큼 더 살 만해질 것이라고 믿는다.

농약에
관우를 잃었다

성인이 되고 난 후 마음이 복잡할 때면 들르는 나만의 장소가 있다. 수의대 시절에는 오토바이를 몰고 나가 도심을 벗어났다는 기분이 들 때쯤 보이던 한 초등학교 분교 운동장에 한참을 앉아 있다 오고는 했다. 입사 초기에는 동물원에서 가장 높은 곳에 위치한, 지금은 동물병원이 들어선 자리에서 마음을 잠시 쉬었다가 사무실로 내려왔다. 당시 그곳엔 대추나무가 몇 그루 있었는데, 열매를 한 주먹 따서 우걱우걱 씹어 먹다 보면 치료 실패나 동물 폐사 후 들던 복잡한 마음이 조금은 진정되는 느낌이었다. 대추에 신경안정제 성분이 들어 있다는 사실은 나중에 자료를 보고 알았다.

지금의 나에게는 청주 미호강이 그런 곳이다. 겨울의 미호강은 북쪽에서 날아오는 철새들로 붐빈다. 봄이면 청주보다 남쪽에서 겨울을 보낸 새들이 번식지를 향해 가다 잠시 쉬는 중간 기착지이기도 하다. 대청댐이 담고 있던 담수가 무심천을 따라 청주 도심을 지난 후 미호강에 섞여 흐르다 금강이 된다. 겨울철 금강하구는 수많은 새가 동시에 날아올라 군무를 이루는 곳이다. 자유롭게 비상하는 새들에게서는 동물원에 갇힌 새들에게 드는 애석함이 없었다.

맑고 찬 어느 겨울날, 미호강에서 큰 새 한 마리를 만났다. 맹금류로 보이는 큰 새가 날자 주변에 있던 물새와 비둘기 무리가 겁을 먹었는지 같이 날아올랐다. 차 안에 상비한 쌍안경을 꺼내 올려다보니 월동을 위해 북쪽에서 날아온 흰꼬리수리였다. 원래 그곳에 있었으나 지금까지 보이지 않던 것이 비로소 보이기 시작하면 사랑의 시작이라고 했던가? 집에 와서도 미호강의 흰꼬리수리가 머릿속에서 떠나지 않았다. 오랜 세월 동물원에서 박제처럼 앉아 있는 흰꼬리수리 관우의 모습이 머릿속에 겹쳤다. 관우를 날게 해주고 싶었다.

...

관우는 2006년 대전의 한 동물원에서 태어났다. 동물원의 사육장에서 대형 맹금류가 알을 낳았다는 이야기를 간혹 들은 적은 있지만, 여러 스트레스를 견디고 부화에 성공한 예는 거의 없었다. 태어난 이듬해에 우리 동물원으로 온 관우는 동물원 생활에 익숙해서인지 좁은 사육장을 그다지 불편해 하지 않는 것 같았다. 하지만 날 수 없는 사육장에 덩그러니 놓인 횃대에 앉아 지내는 하루는 길기만 했다.

수소문 끝에 맹금류 야생 방사 훈련 전문가와 연락이 닿았다. 마침 관우를 훈련시켜보고 싶다는 동물복지사가 있어서 전문가로부터 교육을 받았다. 관우는 여러 달 동안 동물복지사의 손에 먹이를 받아먹으며 친화 훈련을 했다. 친화 훈련이란 동물복지사의 팔에 내리거나 앉는 연습을 반복하면서 동물복지사의 통제하에 비행과 야생을 배우기 위한 기초교육이다. 이 과정이 익숙해진 후에는 야외에서 나는 훈련을 받았다. 관우가 나는 모습을 보며 낮에는 동물원 주변을 날아다니다 밤에는 동물원에 들어와 자면 좋겠다고 생각했다.

관우의 훈련 적응은 예상보다 빨랐다. 오랜 시간 갇혀서 지낸 대형 맹금류는 가슴근육이 퇴화되어 야생으로 복귀하기 힘들 거라는 예측은 기우였음을 알았다. 구조된 지 얼마 안 되는 다른 흰꼬리수리가 있다면 관우를 길잡이해 함께 자연으로 복귀할 수 있을 정도라며 전문가도 기대에 차 있었다. 동물원의 좁은 케이지가 세상의 전부였던 관우가 저 먼 시베리아로 날아갈 수 있다고? 몇 년 전 황조롱이와 백로를 방사했던 경험도 관우의 야생 방사에 대한 기대를 높였다.

결과에 대해 말한다면, 관우의 방사 훈련은 실패로 끝났다. 야외 비행을 하다가 농약에 중독된 비둘기를 먹고 2차 중독이 된 것이다. 며칠에 걸쳐 치료에 힘썼지만, 끝내 관우는 바라만 보던 하늘로 죽어서야 돌아갔다. 관우가 죽은 후, 그 전문가와도 자연스럽게 연락이 끊어졌다. 누구도 예상치 못한 사고였으나 한동안은 관우 이야기를 하고 싶지 않았다. 좀 답답해도 동물원에서 안전하게 오래 사는 게 낫지 않았을까. 야생으로 돌려보낸다는 것마저 내 욕심에 불과했던 게 아닐까. 이런저런 생각에 한동안 관우가 살던 사육장을 지나기가 괴로웠다.

야생 방사 훈련 중인 흰꼬리수리 관우.

예기치 않은 농약 중독으로

관우는 죽어서야 하늘로 돌아갔다.

…

겨울을 나기 위해 우리나라를 찾는 대형 맹금류로는 참수리, 흰꼬리수리, 독수리 등이 있다. 이들은 시베리아와 몽골에서 어른 새들과 경쟁하다 밀린 아직 어린 새들이다. 그중에는 독수리가 가장 많은데, 매년 어린 독수리 수천 마리가 국내에서 월동한다. 겨울철에 수백 미터 위의 상공을 나는데도 까마귀만 한 크기로 잘 보이고 무리를 지어 바람을 타고 있다면 독수리가 분명하다.

몽골의 봄, 새끼 독수리는 어미가 물어다 주는 동물 사체를 받아먹으며 둥지에서 빠르게 성장한다. 독수리는 매서운 생김새와 달리 사냥은 하지 못하고 사체만 먹는 청소부 동물이다. 만일 동물원의 독수리사에 닭이 들어간다면 독수리는 그 닭과 사이좋게 살 것이다.

새끼 독수리가 태어난 후 넉 달이 지나 성체만큼 커지면 어미도 더 이상 먹이를 주려 하지 않는다. 망설이긴 하겠지만, 둥지 안의 모든 독수리들이 그랬듯이 그 역시 거친 세상으로 뛰어나가야 한다. 비록 몸은 커졌지만 생존에 필요한 기술은 아직 미숙하다. 그럼에도 불구하고 포식자로부터 안전하게 자신을 지키고 스스로 먹이를 구해 살아가야 한다. 몽골에 혹독한 겨울이 찾아오면 개체 간 먹이 경쟁은 더 심해진다. 어른 새들은 역시 한 수 위다. 결국 새끼 독수리는 생존을 위해서 새로운 먹이터를 찾아야 한다. 날고 날아 육지의 끝에 다다르니 그곳이 바로 한반도다.

2019년 제천에서 구조된 독수리를 치료하고 회복시킨 후, 위치추적기를 달아주고 청주시 외곽에서 방사한 적이 있다. 독수리의 등에 달린 위치추적기는 2시간마다 좌표를 알려주었다. 1월 말에 방사된 독수리는 충청도 일대를 배회하다 3월 초 갑자기 북진을 시작했다. 단 며칠 만에 휴전선을 넘고 평양을 지났다. 내몽골로 들어가면서 신호가 잠시 끊겼다가 몽골에 진입하면서 신호가 살아났다. 독수리는 겨울이 올 때까지 몽골에 머물렀고, 북쪽에서 추위가 몰려오자 같은 해 12월 청주로 돌아왔다. 그 후 2년 동안 한국과 몽골을 오가는 것을 확인했다. 인간이 쳐놓은 철책과 국경은 독수리에게 의미가 없었다.

사자 바람이를 데려온 김해의 개인 동물원에는 바람이 말고도 구조되어야 할 동물들이 더 있었다. 국가유산청의 보호 요청을 받고 독수리 한 마리를 더 데려오기로 했다. 독수리는 시중에서 판매되는 앵무새 장을 본떠 만든 새장에 갇혀 있었다. 바닥에 있는 것보다 안전하다고 생각했던지 독수리는 사람이 다가가면 힘들 텐데도 거꾸로 천장에 매달려 나름대로 거리를 최대한 늘렸다. 독수리답게 거침없이 하늘을 비행했으면 해서 이름을 '하늘'이라고 지었다.

독수리는 비무장지대^{DMZ}에서부터 경상남도 지역에까지 전국적으로 분포한다. 경상남도 고성군의 일부 지역에서는 축산 부산물을 주기적으로 공급해 굶주린 독수리가 먹을 수 있게 해준다. 하늘이가 얼마나 오랫동안 갇혀서 살았는지는 모르지만, 인공 번식 사례가 국내에 거의 없는 점을 감안하면 몽골에서 날아온 배고픈 독수리 중 구조된 개체가 아닐까 추측한다. 우리 동물원으로 온 하늘이는 혈액과 분변으로 건강 검진을 받은 후 이상이 없는 것이 확인되어, 맹금류 방사장으로 옮겨졌다.

...

추위와 먹이경쟁을 피해 한반도로 이동하는 어린 독수리들은 사람으로 치면 청소년에 해당된다. 위험한 상황을 경험해

보지 못한 청소년 독수리이다 보니 이런저런 사고를 많이 당한다. 사고의 원인으로 가장 많은 것은 흰꼬리수리 관우와 마찬가지로 농약 중독이다. 그다음이 교각이나 전선 같은 인공 구조물에 충돌하는 경우이다. 흰꼬리수리는 사냥할 때 시속 160킬로미터로까지 나는데, 그 속도로 어디에라도 충돌하면 날개 골절은 필연적이다.

너구리 같은 육상동물은 큰 사고를 당해 다리를 다치면 절단술을 받는다. 포유류는 다리가 하나 없더라도 나머지 세 다리로 생활이 가능해 방사되지만, 새는 하늘을 날아야 하기 때문에 한쪽 날개의 부상이 치명적이다. 봄이 되면 멀리 몽골로 날아가야 하는 독수리는 치료가 끝났어도 완전한 비행 능력을 갖추었는지 확인할 수 있는 훈련 장소가 필요하다. 그러나 국내에는 대형 맹금류를 위한 훈련 장소가 마땅치 않다.

독수리는 천연기념물이자 멸종위기 야생동물이다. 우리 동물원은 문화유산청 천연기념물 보존사업에 선정되어 국내 최대 독수리 방사 훈련장을 만들고 있다. 완공되면 농약 중독에서 회복하거나 골절 수술을 받고 재활하는 독수리를 위해 사용될 예정이다. 2024년 하반기에는 환경부 생물자원 보전사업으로 외과수술실이 포함된 야생동물보전센터가 신축됐다. 야생동물들을 재활 후 다시 자연으로 돌려보내는 데 필요한 시설들을 하나씩 갖추고 있다.

방사 훈련장에서 비행하는 독수리들을 상상해본다. 사람과의 거리가 충분히 확보되어 예전의 하늘이처럼 천장에 매달리지 않아도 될 만큼 높이와 크기가 갖추어진 훈련장일 것이다. 지금은 독수리들의 방사 훈련이 잘될지 그렇지 않을지 전혀 예측하기 어렵다. 훈련이 순조롭게 이어진다고 해도 흰꼬리수리 관우처럼 마지막 단계에 실패할 가능성도 있다. 그렇더라도 나는 야생에서 살던 동물이라면 야생으로 돌려보내는 게 맞다고 생각한다.

차를 몰아 경상남도로 가는 출장길, 날고 있는 독수리 무리가 반가워 속도를 맞춰본다. 어느 해 봄, 방사 훈련을 마친 독수리들이 저 무리에 섞여 기억 저편에 자리 잡고 있을 몽골로 다시 돌아가길 바라면서.

하니를 가둬두지
않을 수 있다면

암컷 얼룩말이 두 마리 있었다. 한 마리는 우리 동물원에서 산 지 오래된 나이 든 제니였고, 다른 한 마리는 광주에서 온 어린 하니였다. 청주에 오기 전 대전의 한 동물원에서 살던 제니는 보살펴주던 사육사를 등에 태워줄 만큼 성질이 온순했다. 하니는 얼핏 봐도 어미젖을 뗀 지 얼마 안 되어 보였다. 어린 하니는 제니가 어딜 가든 따라다녔는데, 제니도 그다지 싫지 않은 듯했다. 얼마 되지 않아 제니가 대퇴골 골절로 폐사하자 혼자 남은 하니는 몹시 불안해 보였다.

하니의 조상들은 아프리카 초원을 뛰어다녔다. 얼룩말은

육식동물의 주요 먹잇감이다. 암컷 사자는 주로 나이 든 수컷 얼룩말을, 하이에나는 새끼 등 약한 개체를 목표로 한다. 무리 중 한 마리를 고르기는 어렵지만, 결국 한 마리의 희생으로 무리는 도망갈 시간을 번다. 냉혹하더라도 그것이 야생의 삶이다. 포식자는 사냥도구로 쓸 수 있는 긴 송곳니와 갈고리 같은 발톱을 갖추었고, 피식자도 사냥감이 되지 않기 위해 몸을 진화시켰다. 얼룩말이 여유롭게 풀을 뜯다가 자신의 엉덩이 방향에서 달려오는 사자를 미리 보고 달아날 수 있는 것도 머리 옆에 붙은 눈과 넓은 시야를 확보해주는 동공 덕이다. 동물원에서는 사자가 갑자기 나타날 리 없지만, 하니의 불안함은 오랜 세월 탁 트인 초원에서 무리를 이루고 살아온 초식동물로서 어쩔 수 없다.

　몇 년 전부터 우리 동물원은 우리나라 기후에 안 맞는 외래동물은 점차 줄이고, 그 자리에 장애를 입은 토종 야생동물을 데려와 돌보고 있다. 보통 외래 동물은 겨울에는 난방이 되는 좁은 공간에 갇혀 지내야 하고, 어미를 잃고 구조된 새끼 동물이나 장애를 입은 토종 야생동물은 자연 방사가 어려우므로 안락사된다. 동물원이 어쩔 수 없이 동물을 가두어야 하는 곳이라면, 외래 동물보다는 어미를 잃었거나 영구적인 장애를 입은 토종동물을 보호하는 곳이었으면 해서 내린 결정이다. 외래 동물인 얼룩말을 더 이상 데려오지 않으니 하니의 불안은 계속될 수밖에 없었다.

궁여지책으로 종은 다르지만 같은 말속인 미니 말 동백이와 향미를 하니와 합사했다. 그 후 하니는 다행히 안정을 되찾았다. 그 무렵 말들이 좀 더 뛰어다닐 수 있는 동물사를 신축했고, 몸집이 커서 기존 동물사가 더 답답했을 얼룩말 하니를 미니 말보다 먼저 새 동물사로 옮겼다.

며칠 후 어느 이른 아침, 하니는 울타리를 넘어 미니 말들이 있는 기존 마사 주변을 흥분한 채 뛰어다녔다. 우선은 하니가 제 발로 울타리 안으로 들어갈 수 있게 문을 열어두고 만일의 사태를 대비해 마취총을 준비해놓았다. 하니는 주변을 돌다 열린 문을 발견하고는 단숨에 동물사로 뛰어 들어갔다. 미니 말들은 며칠 안 보였던 하니를 힐끗 쳐다볼 뿐, 별일 아닌 듯 건초를 우물거렸다. 같이 있을 때는 무관심해 보였지만 실은 서로를 얼마나 의지하고 있었는지 말들이 알게 된 것 같았다.

미니 말과 함께 있는 얼룩말 하니.

갇혀 지내는 동물이 있는 한

탈출하는 동물은 사라지지 않을 것이다.

...

골목길을 걷다가 황급히 돌아서는 남자, 그리고 뒤이어 달려오는 얼룩말. 한때 숱한 화제에 오른 영상 속 모습이다. 서울의 한 동물원에서 살던 얼룩말 세로가 도심을 3시간이나 활보하고 다닌 사건은 많은 사람을 놀라게 했다. 사람들은 왜 세로가 탈출했는지를 두고 갖가지 추측을 내놓았다. 엄마 아빠를 잃어서, 여자 친구와 이별해서, 사는 곳이 너무 좁아서 등등.

세로의 행동은 하니가 한 것과는 달랐다. 둘 다 얼룩말이지만, 하니는 암컷이고 세로는 성 성숙기를 막 지난 수컷이다. 야생의 본성에 의하면, 성숙한 얼룩말 암컷은 무리에 남는 정주성을 보이고 수컷은 무리를 떠나는 유목성을 보인다. 하니와 세로에게 공통점이 있다면 각자의 본능에 따랐다는 것이다.

동물원 직원들은 동물들이 동물사에 익숙해져 나오지 않는 것이지 나올 능력이 없는 것은 아니라고 농담처럼 이야기한다. 만약 얼룩말 같은 대형 초식동물이 동물사 밖으로 나오는 일이 발생했을 경우, 그 동물이 동물원 안에 있다면 잘 몰아서 다시 들어가게 하는 것이 가장 좋은 방법이지만, 동물원 밖으로 뛰쳐나갔다면 마취를 해서 데려오는 수밖에 없다.

멀리 떨어져 있는 동물을 마취하려면, 날려서 동물 근육에 꽂는 '주사기 총'을 사용한다. 이때는 마취제 용량이 적어야 주사기를 멀리까지 쏠 수 있다. 적은 용량으로 동물을 마취하려면 약력, 즉 약의 효력이 세야 하는데, 국내에는 대형 동물을 한 번에 쓰러뜨릴 만큼 약력이 높은 마취제가 없다. 극소수의 동물원 수의사에게만 필요한 위험한 마약성 약물은 수입허가를 받기가 어렵기 때문이다. 도심으로 나간 세로가 마취주사기를 일곱 발이나 맞고 트럭에 실려 간 이유가 여기에 있다.

그나마 얼룩말 하니와 세로는 초식동물이라서 몰아서 동물사로 들여보내거나 여러 번 마취할 기회라도 있지만, 고양잇과의 대형 맹수들은 인명 피해라는 위험이 도사리고 있으므로 어렵게 마취 기회를 얻었더라도 한 번 실패하면 곧바로 사살 결정이 나곤 한다. 근래에도 몇몇 맹수가 사는 곳을 벗어났다가 가슴 아픈 일을 겪어야 했다. 2018년 한 동물원에서 뛰쳐나온 퓨마 호롱이와, 2023년 농장에서 지내던 사자 사순이의 이야기를 신문 기사를 토대로 하고 지금까지의 경험을 참고해 재구성해보면 이렇다.

호롱이는 우연히 열린 문으로 나왔다. 기왕 나왔으니 동물원을 돌아다녔는데, 태어난 이후에 동물사에만 살았기에 활동 범위가 제한적이어서 멀리 가지도 않았다. 호롱이의 소식을 접한 수의사는 잔뜩 긴장한 상태로 마취총을 들고 호롱이에게 접근했을 것이다. 호롱이도 자신을 대하는 분위기가 평소와 달라 겁을 먹고 움츠렸을 것이다. 수의사에게는 마취총을 쏠 수 있는 기회가 단 한 번 있었고, 주사기를 맞은 호롱이는 통증을 느끼며 사람들을 피해 다른 곳으로 도망갔다.

마취제가 동물의 근육으로 퍼지는 시간은 통상 5~15분이다. 그러나 흥분한 동물의 교감신경은 자극되고 각성효과가 나타난다. 그러면 마취 유도 시간이 길어진다. 맹수로 분류되는 호롱이가 시간이 지나도 쓰러지지 않자, 경찰과 소방은 마취 실패로 판단하고 시민의 안전을 위해 호롱이의 사살을 결정했다.

경상북도 고령에 있는 한 농장, 평생을 좁은 케이지에 갇혀 지낸 나이 든 사자 사순이는 케이지를 벗어난 후 어디로 가야 할지 몰랐다. 사순이는 국제적인 멸종위기종에 속하는 사자이지만 국내법이 적용되기 전에 국내에 들여온 사자라 관리

영역에서 벗어나 있었다. 농장 주변에는 맹수류 마취 경험이 있는 수의사가 없었기 때문에 마취는 생략되었고, 위험해 보이는 대형 맹수 사순이는 곧바로 사살됐다. 사순이가 죽기 전에 마지막으로 한 일은 나무 그늘에서 가만히 앉아 있는 것이었다.

영화나 드라마에서는 억울하게 갇힌 주인공이 누명을 벗기 위해 본인의 의지로 탈출을 감행한다. 그러나 동물의 탈출은 대개 구조물이 부서지거나 울타리의 틈이 벌어져, 또는 문이 열려 있는 바람에 발생한다. 동물의 의지가 아니라 거의 우연의 산물이다. 더군다나 그들은 죄수도 아니다. 그래서 사살 소식은 늘 안타깝다.

...

동물원 동물ᶻᵒᵒ ᵃⁿⁱᵐᵃˡ은 야생동물ʷⁱˡᵈ ᵃⁿⁱᵐᵃˡ이 아니라 사육동물ᶜᵃᵖᵗⁱᵛᵉ ᵃⁿⁱᵐᵃˡ로 정의된다. 호롱이와 사순이처럼 동물원이나 농장 같은 인공 시설에서 태어나 평생을 지내는 동물이 사육동물이다. 인류는 오래전부터 야생동물을 길들이려 했는데, 성공한 결과가 가축이다. 사육동물은 가축과 야생동물 사이의 어느 지점에 있지만 결국 가축화에 실패한 야생동물이다. 이런 동물을 열악한 인공 환경에 가두어두면 여러 문제가 생긴다. 야생동물은 본래 넓은 영역에서 자유롭게 사는데, 야생성이 강한 종이 좁은 공간에서 지내면 정신질환이 생길 수밖에 없다. 같은 행동을 의미 없이 반복한다거나 무기력해져 잠만 자는 것이 대표적이다. 아무것도 할 게 없는 작은 방 안에 우리가 각자 갇혀 있다고 상상해보면 충분히 공감할 것이다.

대형 맹수들의 사냥터는 광활하다. 온 힘을 다해 도망치는 사냥감을 잡기 위해서는 전략적으로 우위에 서야 한다. 예민한 감각으로 사냥감을 포착하고, 사냥감의 도주를 예측해 달려들 순간을 결정해야 한다. 이런 맹수들이 동물사 안에서 잘 손질된 먹이를 정해진 시간에 맞춰 받아먹기만 하다가 우연히 동물사 문이 열리면 자신도 몰랐던 호기심이 일지 않을까? 맹수의 탈출은 대개 이런 식이다.

맹수가 동물사나 케이지에서 나오지 않게 예방하는 것이 최선이지만, 이 모두가 사람이 하는 일이니 완벽할 수는 없다. 그렇다면 이탈 상황이 발생했을 때 실제로 어떻게 대응해야 할지 매뉴얼을 마련할 필요가 있다. 대형 고양잇과인 호랑이나 사자의 탈출을 가정해 대응 방안을 생각해보자.

가장 먼저, 탈출한 동물의 종과 성향을 알아야 한다. 같은 고양잇과라 해도 홀로 사는 호랑이는 조심성이 많고 무리를 이루는 사자는 좀 더 개방적이다. 또 어미가 키운 개체보다 인공 포육한 개체는 사람과 친밀하다. 과거에는 사람이 기른 호랑이와 사자는 사육사가 동물사에 들어가 같이 놀아줬을 정도였다. 이런 동물이 탈출하면 그 동물이 가장 신뢰하는 사육사가 자신의 안전을 확보한 뒤 동물을 유도해서 다시 동물사에 들어가게 하는 것이 가장 좋다.

야생성이 강한 편이거나 흥분한 상태여서 위험하다면, 그 동물의 성향을 잘 아는 사육사가 자기 안전을 확보한 후 차량에서 대기 중인 수의사로 하여금 차 안에서 마취총을 쏠 수 있도록 무전으로 안내한다. 이때 마취총으로 투여되는 약물은 소량이어도 작용이 빨라야 하므로 속효성 근이완제와 마취제를 섞어 사용한다. 이렇게 하면 동물은 마취약만 사용했을 때보다 훨씬 빨리 쓰러진다. 대신 근이완제에 의한 호흡근 마비로 생명이 위험해질 수 있다. 마취가 된 걸 확인하자마자 바로 기관삽관해서 인공호흡 처치를 하면 동물을 살려서 데려올 수 있다.

수의사가 없는 농장이나 개인 동물원이라면 마취 경험이

있는 수의사를 미리 확보해둬야 한다. 사순이처럼 동물이 멀리 있는 경우라면 멧돼지 등의 포획 경험이 있는 소방관과 경험 있는 수의사의 연결을 통해 대책을 마련하는 것도 좋다. 이처럼 고려해야 하는 것이 많고 언제든 돌발 상황이 벌어질 수 있기에 동물이 탈출하는 일이 일어나지 않기를 바라지만, 사육동물이 있는 한 탈출 또는 이탈은 언제든 일어날 수 있는 일이기에 긴장을 늦출 수 없다.

...

동물원의 동물들을 모두 풀어주면 되지 않느냐고 묻는 사람들이 간혹 있다. 물론 야생에서 동물이 행복하게 살 수 있다면 그렇게 하겠지만, 간단한 문제가 아니다. 사육동물은 대부분 동물원이나 농장에서 태어나서 야생을 한 번도 경험해보지 못했기 때문에 스스로 먹이를 구하는 법을 모른다. 야생에서 살게 하려면 그에 맞게 준비를 해야 한다.

　작년에는 동물원에서 태어난 삵 두 마리를 야생 생태 관련 공공기관과 함께 야생 적응 훈련을 시킨 후 자연으로 돌려보냈다. 동물원 동물들은 적정 마리 수 조절을 위해 대부분 불임수술을 받아 새끼를 낳지 않지만, 멸종위기종인 삵은 계획하에 증식을 했다. 태어난 새끼들은 야생 방사를 위해 먹이잡기 등의 야생 적응 훈련을 오랜 기간에 걸쳐 받았고, 나가기 전에는 예방접종을 받고 목에 위치추적기도 달았다. 그러나 한 마리는 야생 생활에 잘 적응한 반면, 한 마리는 로드킬로 허망한 죽음을 맞았다. 관점에 따라 절반의 성공이라고도 절반의 실패라고도 볼 수 있다.

동물원이 희귀한 동물을 물건처럼 전시하는 곳이 아니라 갈 곳 없는 동물의 보호소이자 자연 복귀를 준비하는 야생동물들의 재활치료소이길 바란다. 자연으로 돌아갈 훈련을 받다가 예상보다 빨리 동물이 '탈출'했다면 이왕 나갔으니 잘 살기를 바라는 동물원, 도로 붙잡아 데려오지 않아도 되는 동물원을 꿈꿔본다.

실험실 냉동고에서
살아남은 거북이

어느 날 한 대학의 생물학 연구원에게서 연락이 왔다. "저희가 거북이 생태 연구를 마쳤는데요, 이 거북이들을 어떻게 해야 할지 잘 모르겠어서, 혹시 방법을 아실까 해서 연락드렸습니다." 목소리에서 난감함이 느껴졌다.

거북이를 구하기는 의외로 쉽다. 대형마트에서도 거북이를 판매하고 있으니 말이다. 하지만 그 거북이들은 토종생물이 아니다. 외국에서 들여온 생태교란종이라 함부로 풀어주면 안 된다. 키우지 않을 거라면 폐기해야 한다.

연구원의 이야기를 들어보니, 얼마 전까지는 폐기 방법이 마땅치 않아 연구가 끝나면 냉장실이나 냉동실에 거북이들을 넣고 죽기만을 기다렸다고 한다. 거북이들이 살아갈 수 있는 방법을 찾기 위해서 국내 여러 기관에 전화를 돌려보았지만 딱히 답을 얻지 못해 궁여지책으로 내놓은 대안이었을 것이다. 아무리 연구라지만 여러 날을 함께 지내온 거북이들을 직접 폐기해야 하는 연구원들의 마음이 오죽했을까 싶었다.

그런데 그다음에 연구원이 들려준 이야기에 매우 놀랐다. 냉동실에 넣었으니 이미 죽었으리라 생각하고는 몇 달이 지난 후에 거북이를 꺼내 상온에 놓았는데, 그중 몇 마리가 다시 살아났다는 것이다.

연구원의 이야기를 듣다 보니 몇 해 전 동물원에 찾아온 중년 남자가 떠올랐다. 강원도에 땅을 샀는데, 그곳에 예전 주인이 만들어둔 작은 동물원이 있다고 했다. 그 동물원에는 거북이 외에도 여러 동물이 있었는데 그게 돈이 되겠다 싶었는지 직접 동물원을 운영해보려고 자문을 구하기 위해 찾아온 것이었다. 거북이는 한 마리라고 했고, 생김새가 어떤지 설명을 들어보니 아프리카가 고향인 설가타 육지거북이었다. 이 거북이는 지금도 국내에서 반려동물로 많이 길러지는데, 손바닥보다 작은 거북이를 분양 받아 기르다 보면 웬만한 성인

몸무게만큼 자라는 대형 거북이다.

남자는 거북이에 대해 아는 게 전혀 없었다. 그래서 겨울에도 아무런 난방을 해주지 않았다고 했다. 그러자 아프리카 육지거북은 강원도의 겨울 추위에서 살아남기 위해 스스로 땅을 파고 들어갔다가 따뜻한 봄이 되어서야 나왔다는 것이다. 한국에 사는 파충류들이 동면하는 줄은 알고 있었지만, 추위를 경험해보지 않은 아프리카 육지거북이 유전자에나 간신히 들어 있을지 모르는 태곳적 본능을 깨친 것이 안쓰럽고도 신기했다. 우리 동물원의 열대관에도 설가타 육지거북이 한 마리 살고 있는데, 사계절 춥지 않게 온도를 유지해주니 동면하는 경우는 없었다.

이 두 사례만 보아도 냉장이나 냉동은 의식이 있는 거북이를 폐기하는 인도적 방법이 아니라는 생각이 들었다. 연구원과 상의한 끝에 거북이들을 우리 동물원으로 이송하기로 했다. 생태교란종은 원칙적으로 다른 지역으로 이동하면 안 되기 때문에 발견된 지역에서 폐기되어야 했지만, 우리는 연구원들과 함께 관할 환경청 담당자들을 가까스로 설득했다. 국내 첫 사례라 당시 환경청 담당자들이 매우 난감해 했지만 결국 하나의 생명인 거북이의 딱한 처지에 공감해주었다. 하던

대로 일을 처리하면 편했을 것을 예외에 대한 책임을 감당해
준 환경청 담당자들이 고마웠다.

…

생태교란종이란 "국내 서식지의 생물 다양성에 악영향을 미
쳐 토종 생태계의 구조와 기능을 마비시키는 외래 생물로, 방
제 등 필요한 조치를 할 수 있는 생물"을 말한다. 토종 뱀을
잡아먹는 사진으로 유명한 황소개구리가 대표적이다. 또 다
른 생태교란종으로는 뉴트리아가 있다. 뉴트리아는 다람쥐
나 햄스터 같은 설치류다. 같은 대형 설치류이지만 동물원 등
에서 귀엽다고 사랑받는 카피바라와는 대조적으로 국내 야
생에 풀린 뉴트리아는 '괴물 쥐'로 불린다. 생쥐를 수십 배 키
워놓은 것 같은 모양이라 괴물 쥐가 됐지만, 뉴트리아 입장에
선 잘 살던 남미에서 잡혀 온 것만으로도 억울한 일이 아닐
수 없다.

　뉴트리아는 1980년대에 농가 수입 증대를 위해 식용 목적
으로 국내에 들여왔다. 20년 전 우리 동물원에서도 뉴트리아
를 키운 적이 있다. 방문객의 눈길을 끌기 위해 동물원마다 희

귀 동물을 전시하는 것이 유행이던 시절이었다. 귀여운 아기 동물을 선호하는 방문객의 취향에 맞추기 위해 동물이 성체가 되면 농장에 가서 전시가 용이한 새끼로 교환했다. 다 키운 다음에 새끼와 바꿔 가니 농장주도 싫어할 이유가 없었다.

당시에 동물 구매 담당자와 함께 찾아간 뉴트리아 농장은 식당도 운영하고 있었다. 차림표에는 '물곰'이라는 메뉴가 있었는데, 그게 뉴트리아의 다른 이름임을 짐작할 수 있었다. 농장주는 미심쩍은 표정으로 김치찌개를 뒤적이던 나를 안심시켰지만 도저히 먹고 싶다는 생각이 들지 않았다. 점심을 먹는 둥 마는 둥 하고 곧바로 식당 근처 농장으로 향했다. 그곳에서는 어림잡아도 100마리가 넘는 뉴트리아가 사육되고 있었다.

물곰이 대형 쥐라는 걸 알고도 먹을 사람은 많지 않아 보였다. 물곰이 인기를 끌지 못하자 식당 주인들은 영업을 포기했고, 농장에 방치된 뉴트리아들은 살아보려고 탈출해서 뛰어난 적응력으로 한국의 야생에 정착했을 것이다. 그리고 생태교란종이 됐다.

미국너구리 라쿤도 대표적인 생태교란종 중 하나다. 예전에 일본에서 라쿤이 등장하는 애니메이션이 큰 인기를 얻어 그 영향으로 라쿤을 많이 수입해 길렀다. 한국에서도 라쿤 카페가 성행했다. 시간이 지나면서 야생동물을 대하는 사람들의 인식이 바뀌고 동물복지 관련법이 강화되면서 동물원이 아닌 곳에서 라쿤을 전시하는 것이 금지되자 폐업하는 라쿤 카페들이 생겨났다. 일본처럼 라쿤이 야생화되는 것을 막기 위해 환경부와 전국 야생동물구조센터는 라쿤 보호시설을 운영 중이다.

…

청주동물원으로 이송된 거북이들은 붉은귀거북, 리버쿠터, 노랑배거북, 중국줄무늬목거북, 플로리다 붉은배거북 등 모두 5종이었다. 미국 또는 중국이 원래 서식지인, 모두 애완용으로 수입된 거북이들이었다.

　이 중 중국줄무늬목거북은 우리나라 천연기념물인 남생이와 교잡이 가능해서 다른 거북이들보다 더 문제이지만, 국제적으로는 멸종위기종이다. 세계자연보전연맹^{IUCN}에서는 멸종위기종을 조사해 〈세계자연보전연맹 적색목록〉에 정리하는데, 중국줄무늬목거북의 등급은 '위급$^{Critically\ Endangered,\ CR}$' 단

애완동물로 기르기 위해 수입된 거북이들은
명을 다하기 전에 버려져 생태교란종이 되었다.

계로 푸바오로 유명한 자이언트판다의 '취약^{Vulnerable, VU}'보다
두 단계가 더 높다. 어딘가에서는 귀하게 대접받는 생명이 어
쩌다 천덕꾸러기 신세가 된 건지 안타까운 마음이지만, 버려
진 모든 동물을 다 거둘 수 없는 것이 현실이다.

진료 행위를 통해 동물을 살리는 것은 수의사라는 직업의
주된 목표이다. 목표가 이루어졌을 때 가장 보람을 느끼는 것
도 사실이다. 그러나 살릴 수 없을 때도 있다. 심하게 다치거
나 질병에 걸려 회복될 가능성이 거의 없을 때, 남은 것이 고
통뿐이라면 편안하게 보내주는 것 또한 해야 할 일이라고 생
각한다. 그때 연구실에서 데려온 거북이들 중 일부만이 살아
남았고, 나머지 거북이들은 약물로 의식을 소실시킨 후 안락
사시켰다.

살아남은 거북이들은 동물원 열대관에서 교육용으로 전
시 중이다. 거북이들을 설명하는 푯말에는 종의 이름과 함께
"이 거북이들은 지금 생태교란종으로 분류되어 있지만 한때
는 누군가의 사랑을 받던 반려동물이었습니다"라는 문구가
적혀 있다.

바람이 딸,
D를 데리러 가다

지방의 시립 동물원인 청주동물원이 대중적으로 널리 알려진 것은 사자 바람이 덕분이다. 실내 동물원의 비좁은 공간에서 전시·체험용으로 살아온 사자 바람이를 데려오면서 동물원까지 전국적으로 유명해졌다.

'갈비 사자'로 불릴 만큼 심각한 상태였던 바람이에게 이목이 쏠리긴 했지만, 그때 함께 구조되어 우리 동물원에 온 동물은 두 마리가 더 있다. '사라'라는 미니 말과, 작은 새장에 갇혀 있던 천연기념물 독수리 하늘이다. 다리를 절던 사라는 치료를 위해 바람이와 함께 왔고, 불법 사육되던 하늘이는 국가유산청의 압류로 오게 되었다.

실내 동물원에는 남겨진 동물들이 더 있었다. 그중에는 'D'라고 불리는, 바람이의 딸도 있었다. 바람이는 2017년에 짝인 암컷 사자와의 사이에서 두 마리의 새끼를 낳았는데, 한 마리는 자라는 도중에 폐사했다. 남은 한 마리가 D다.

바람이가 7년 동안 좁은 공간에 갇혀 무기력하게 지내다가 구조되어 청주동물원으로 옮겨졌을 때, 그 사연을 알게 된 많은 시민이 안타까워했다. 백수의 왕으로 아프리카 평원을 누렸어야 할 자유로운 야생동물이 부자유한 삶을 살았다는 것에 감정이입되어 공감했을 것이다. 그런데 바람이가 청주로 이송된 후 비어 있던 사육장에 D가 대신 산다는 소식이 들렸다. "바람이의 딸도 구조해달라"는 시민들의 청원이 넘쳐났다. 당장이라도 데려오고 싶었으나 동물은 소유자가 처분을 결정하는 사유재산이라 어쩔 수 없었다.

바람이가 우리 동물원으로 옮겨오고 몇 달이 지난 후, 언론 기사를 통해 그 실내 동물원에서 지내던 백호랑이와 흑표범이 폐사했고 일부 동물들은 그 동물원 대표의 또 다른 사업장인 대구의 한 동물원으로 옮겨졌다는 사실을 알게 됐다. 바람이가 있던 동물원의 환경을 떠올려보았을 때, 동물들이 제대로 관리를 받을 거라고 생각하기는 어려웠다. 나는 동물들의 건강이 염려돼 몇 차례 대구를 방문해 간단한 진료를 보거나 응급처치를 해주었다.

어느 순간부터 동물들이 전보다 활기가 있는 게 느껴졌다. 알고 보니 동물원 대표가 예전에 그곳에서 일하던 사육사 부부에게 동물 관리를 부탁한 것이었다. 사육사 부부는 제주도에서 살고 있었는데, 정들었던 동물들을 외면할 수 없어 생업까지 접고 달려와 동물원에서 바쁜 나날을 보내고 있었다. 부부는 동물들이 아플 때 나에게 연락했고, 이후 나는 뜻이 맞는 수의사들과 그곳으로 의료봉사를 하러 가곤 했다.

그러던 어느 날, 사육사 부부에게서 연락이 왔다. D를 아빠인 바람이가 있는 청주동물원으로 보내자고 대표에게 여러 번 이야기를 했으며, 결국 자신들이 밀린 임금을 받는 대신 D를 보내기로 결정했다는 것이었다. 전기요금조차 제대로 내지 못할 정도로 동물원 운영이 힘들었던 대표가 그들의 요청을 거부하지는 못했을 것이라 짐작했다. 사육사 부부는 자신들의 이익을 포기하면서까지 D가 좀 더 나은 환경에서 살 수 있기를 바랐다. 먹고살기 위해 야생동물을 돈벌이 수단으로 삼은 건 사실이지만, 새끼 때부터 봐온 D가 여생을 좀 더 편히 보내기를 대표 역시 속으로 바랐을 것이다.

…

바람이와 D가 살던 동물원은 운영난을 겪다가 결국 문을 닫았고, D는 강릉의 한 동물원에 임시로 위탁되었다. D를 데려오기 전에 사전 조사를 위해 강릉을 방문했다. 어려서부터 순치돼서인지 D는 그다지 사람을 경계하지 않았다. 좀 더 지켜보고 있으니 우리가 궁금한 듯 유리 벽으로 다가왔고 우리를 따라 움직였다. 혼자서는 심심하니까 같이 놀자고 하는 것 같았다.

실내에 갇혀 지내던 D를 생각하면 강릉의 동물원은 그래도 환경이 나아 보였다. 사자가 지내기에 넓은 편은 아니었어도 지붕의 반은 환봉으로 되어 있어 공기와 햇볕이 들어왔고, 비를 피할 수 있는 안쪽 공간은 흙바닥으로 되어 있었다. 그러나 사자는 무리를 지어 사는 동물이다. 홀로 지낸다면 D는 결국 외롭고 쓸쓸히 여생을 보내게 될 것이다. 청주동물원에는 아빠 바람이가 있고 암사자 도도도 있으니 외롭지 않게 지낼 수 있을 것이다.

머릿속으로 아빠 바람이와 딸 D가 재회하는 모습을 잠깐 상상해보았다. 실제로는 두 사자가 따로 지냈던 터라 서로 알아보기는 힘들 것이다. 그럼에도 사자는 모여 사는 것이 이익이다. 외국의 어느 동물원에서 홀로 남게 된 사자의 심리적 고통을 없애주기 위해 안락사를 진행했다는 기사를 본 적도 있다. 고립감은 인간이 느끼는 것만큼이나 무리를 이루는 동물에게도 큰 스트레스를 준다는 뜻이다. 그런 의미에서 D가 청주동물원에 사는 것은 바람이와 도도에게도 좋은 일이 될 것이었다.

사자들을 모여 살게 하기 전에 마련해야 할 중요한 세 가지가 있다. 하나는 시간이다. 바람이와 암컷 도도가 서로를 익히는 데는 거의 반년이 필요했다. 암수 두 마리보다는 세 마리 사이에 일어날 경우의 수가 많으므로, 그 이상의 시간이 필요할 수도 있었다.

또 하나는 근친 문제이다. 바람이와 D가 근친교배를 할 수도 있었다. 동물의 근친교배를 막으려는 까닭은 정서상의 이유도 있지만 그보다는 근친교배로 인해 발현될 열성 유전자를 우려해서다. 그만큼 신체적 결함이 있는 동물이 태어날 확률이 높아지기 때문이다. 이를 피하려면 수컷 바람이에게 불임수술을 하는 편이 더 간단했지만, 노령인 바람이는 마취가 쉽지 않아서 암컷 D의 난소를 절제하는 것이 대안이었다.

마지막 하나는 D의 건강과 번식 제한 문제이다. 새끼를 낳지 않은 암컷 사자는 호르몬에 의한 자궁축농증 발생 위험이 높다. 이는 여러 논문을 통해서도 알 수 있다. 실제로 2020년 암사자 도도는 자궁축농증으로 인해 자궁이 파열되면서 복강염까지 진행되어 예후가 좋지 않았으나 천만다행으로 응급수술을 받고 살아났다. 불임수술은 D의 건강 유지를 위해 꼭 필요한 일이었다.

이렇게 설명하면, 다른 수컷 사자와 새끼를 갖게 하면 되지 않느냐고 물어보는 분들이 간혹 있다. 멸종위기종의 보존을 위해 번식을 선택할 수도 있을 것이다. 하지만 토종 야생동물이 아닌 사자를 한국의 동물원에서 번식시켜서 아프리카의 야생으로 돌려보낼 수 있을까? 야생으로 갈 수 없는 사자는 결국 평생을 동물원에서 보낼 것이다. 이제는 번식이 아니라 갈 곳 없는 대형 고양잇과 동물들에 대한 보호 대책이 시급해 보인다.

이송 과정을 생각하며 방사장과 연결된 안쪽 내실을 확인했다. D가 스스로 이송 상자 안에 들어가게 하려면 위치가 매

강릉의 동물원에서 만난 바람이 딸 D는

사람이 궁금한 듯 유리 벽 가까이 다가왔다.

우 중요한데, 상자를 놓을 공간이 마땅치 않았다. 또한 대구에서 강릉으로 옮겨질 때 D가 상자에 들어가기를 몇 시간 동안이나 거부해서 결국 마취해야 했다는 이야기를 전해 들었다. 그렇다면 이번에도 마취해서 이송해야 할 가능성이 컸다. 그나마 다행인 것은 바람이와 달리 D는 젊어서 마취 부작용이 일어날 확률이 낮다는 점이었다.

사자는 국제 멸종위기종이기 때문에 관할 환경청이 양도·양수 허가를 해주어야 다른 곳으로 이송될 수 있다. 서류를 접수한 지 2주 후 이송이 허가되었다. 강릉의 동물원과 협의해 이송일을 8월 20일로 정했다. 그런데 이번에는 더위가 문제였다. 한여름에는 응급진료가 아니면 동물에게 마취를 잘 진행하지 않는다. 체온조절이 어렵기 때문이다.

아프리카에서 뜨거운 계절을 나야 하는 야생 사자는 더위를 피하고자 밤이나 새벽에 사냥하고 낮에는 나무 그늘이나 물가에서 피부를 통해 열을 식힌다. 발 전체를 사용해 걷거나 뛰면 혈압이 오르면서 체온이 같이 오르기에 평소 사자는 사냥하지 않을 때 발끝을 세우고 다닌다고 한다. 그러나 마취 상태에서는 몸의 항상성이 떨어져 체온이 올라도 조절하기 어렵다.

이송하는 날의 현장 시나리오를 계획해보았다. '야외 방사장은 햇빛이 비치고 주사기를 불어서 날리기는 어려운 구조이니 D를 내실로 불러들여 마취주사를 놓아야 한다. 마취주사를 맞아본 D가 주사를 피하려고 이리저리 뛰기 시작하면 체온이 급상승할 수 있다. 내실 온도를 낮추기 위해 이동형 에어컨을 가져가야 하고, D가 마취된 후에 체온을 떨어뜨릴 젖은 대형 수건과 선풍기도 준비해야 한다. 대기하고 있는 화물차 내부에 냉기를 가둬두었다가 D가 완전히 회복하면 청주로 출발한다!'

...

이송 당일, 세 시간 반을 달려 강릉의 동물원에 도착했다. 창문을 내리자 더운 바람이 차 안으로 밀려들어왔다. 8월 낮 기온은 체온을 웃돌았다. 눈가로 흐르는 땀을 소매로 찍어내며 마취주사기를 준비하고 응급 상황을 대비해 호흡 마취기와 산소통을 D가 있는 곳 근처로 옮겨놓았다. 마취를 위해 D는 전날부터 내실에 갇혀 있었다고 들었다.

내실 복도로 통하는 문을 열고 들어가 D를 보았다. 더위로 인해 D는 호흡이 빨랐다. 이동형 에어컨을 내실에 켜놓고 밖으로 나와 실내기온이 떨어지기를 기다렸다. 보통 마취주사기를 맞은 동물들은 주사약 때문에 아파서 흥분하며 날뛰게 되어 겨울에도 체온이 올라간다. 첫 번째 블로건 주사기의 마취약이 안 들어가서 다시 주사를 놓는 일은 없어야 한다고 마음을 다잡으며 D를 향해 블로건을 힘껏 불었다. 주사를 맞은 D는 조금 움찔하더니 예상과 달리 별로 화를 내지 않았다. 아니, 이 친구는 화를 낼 줄 모른다는 게 더 맞는 말이었다. 10분 뒤 다가가 마취된 D를 만져보니 몸이 뜨거웠다! 역시 보통 날씨가 아니었다. 에어컨 바람이 D의 몸으로 향하도록 틀어두고 수액도 정맥으로 흘려보내 체온을 최대한 빨리 낮췄다. 시간이 지나자 D의 체온이 정상 범주에 들어왔다.

마취되어 늘어진 D의 몸은 꽤나 무거웠다. 나는 D의 호흡을 확인하며 머리를 받쳤고 나머지 세 명이 몸통을 들었다. 청주로 이동할 상자에 D를 옮기고 마취 회복제를 놓고 기다렸다. 지난 몇 달 동안 D를 돌봤던 동물원 대표는 좋은 곳으로 가서 잘됐다고 무심히 이야기하는 듯했지만 쌓인 정을 다 떼지 못한 표정은 숨기지 못했다.

달리는 트럭 안, 나는 조수석에 앉아 CCTV 화면으로 화물칸의 D를 바라보았다. 낯선 공간인 데다 움직이기까지 하니 어찌 불안하지 않겠는가? D의 부모는 서울에서 왔고, D는 김해에서 태어나 강릉으로, 다시 청주로 가는 것이었다. 화면 속의 D를 보며 혼잣말을 했다. "D야, 낯선 장소에 적응하느라 힘들지? 사람들의 이해관계에 따라 옮겨 다니는 건 이번이 마지막이라고 약속할게!"

츄르를 좋아하는 사자는 어디로 가야 할까

청주동물원에 도착한 암사자 D는 동물원 생활에 적응할 때까지 메인 방사장과 조금 떨어진 격리 방사장에서 지내게 되었다. 이동장 문을 열자 D는 망설임 없이 격리 방사장으로 나왔다. 그러나 오랫동안 시멘트 바닥에서 생활해 익숙해져서인지 내실 바닥을 편하게 여기고 격리 방사장의 흙과 풀의 감촉은 낯설어 했다. 격리 방사장에 익숙해져야 바람이와 도도가 사는 메인 방사장과 연결된 통로에서 마주보기를 할 수 있었다. 모든 일에는 그에 맞는 시간이 필요한 법이다. 서두르지 않고 '사자의 시간'으로 기다리기로 했다.

D는 사람들에게 친근하게 행동했다. D 앞에서 장난치듯이 달리면 D도 같이 달리고, 뛰면 따라 뛰기도 했다. 강릉에서 블로건을 쏜 나를 보면 응당 피할 거라 생각했는데, 친한 고양이처럼 창살에 몸을 비비며 호감을 표할 정도였다. 동물복지사들이 소방 호스로 만들어준 장난감을 천진하게 가지고 노는 것을 보고 있자면 그저 큰 고양이 같았다. 이런 성향의 사자는 사람이 젖병을 물려 인공 포육한 개체인데, 혹여나 사람을 너무 좋아해 야생성 있는 다른 사자와 지내는 걸 힘들어 하지나 않을까 살짝 걱정이 되었다. 우리 동물원에 있는 호랑이 이호가 그랬고, 지금은 세상을 떠난 표범 직지도 같은 종과는 잘 어울리지 못했다.

바람이는 사람들의 기대와는 다르게 딸인 D를 전혀 몰라보는 눈치였다. 자기 영역에 들어온 다른 사자에 대한 경계와 호기심은 오히려 바람이와 도도의 앉는 방향을 바꿔놓았다. 시간이 지나면서 바람이는 D에게 무심해졌지만 암컷 도도의 신경은 여전히 D를 향해 있었다. D를 보러 갔다가 뒤통수가 왠지 서늘해져서 돌아보면 도도의 매서운 눈빛과 마주치곤 했다.

...

D를 강릉에서 청주로 데려오고 일주일이 지난 후, 다시 강릉의 S 동물원으로 향했다. D를 데려오던 날 시간이 없어서 하지 못한 다른 동물들의 이동 조치를 위해 가는 길이었다. 이번에 옮길 동물은 곰 세 마리와 하이에나 두 마리였다. S 동물원의 젊은 대표는 아버지로부터 물려받은 동물원의 동물들에게 애정이 있었고, 동물들의 환경을 개선하기 위해 조금이라도 더 애쓰는 사람이었다. 대부분의 개인 동물원에서 운영하는 먹이 주기 체험 프로그램도 없었고, 입장료는 물론이고 다른 수입까지 모두 동물사를 새로 짓는 데 투자하고 있었다. D처럼 실내 동물원이 폐업해 새로 있을 곳을 찾는 동물들을 임시로 보호해주기도 했다. 이번에 옮길 동물들도 좀 더 나은 환경의 동물사로 이동하는 것이라 도와주기로 약속한 것이었다.

일 때문에 가는 출장이지만 여느 때와 같은 출근은 아니니 조금이나마 여유로웠다. 바닷가인 강릉으로 향하는 길이라 더 여행처럼 느껴졌을 것이다. 8월 말이지만 여전히 더워서 이른 아침에 동물들을 마취한 후 이동해야 하기에, 하루 전

도착해서 정동진역 인근 숙소에 묵었다. 바다가 가까워서 침대에 누워 있으면 파도 소리가 들렸다.

다음 날 동이 틀 무렵 일어나 바닷가로 나가보았다. 피서철이 지난 여름 새벽의 정동진은 한산했다. 소나무 숲에 앉아 바다를 바라보는 강아지 한 마리가 보였다. 반가운 마음에 아무 이름이나 불러봤더니 다가와 쓰다듬기 좋게 머리를 내밀었다. 곧이어 보호자로 보이는 스님이 나타났다. 스님은 내가 입은 유니폼을 보고 수의사인 걸 아셨는지 강아지들의 사연을 들려주셨다. 여름휴가철이 지나면 바닷가에는 강아지들이 남겨진다고 하셨다.

"한번은 입이 묶인 채 자루에 담긴 강아지를 데려온 적도 있지요. 이 작은 짐승이 뭘 그리 잘못했다고."

이 다정한 친구도 주인을 따라 집으로 돌아가지 못한 채 바닷가에 남겨졌다고 했다. 다음에 강릉에 오면 강아지들을 보러 가겠다고 스님에게 약속하고 S 동물원으로 향했다.

...

세 번째 방문이어서 S 동물원은 익숙했다. 매표소를 지나 동물들과 가까운 후문 주차장에 차를 세웠다. 혹시 모를 응급 상황을 대비해 호흡 마취기와 산소통 등을 실은 차가 인근에 있어야 했다. 동물원 대표에게 도착했다는 문자메시지를 보내고 마취 작업을 준비했다.

그사이에도 기온은 상승했다. 아침인데도 꽤나 더웠다. 짧은 시간 내에 다섯 마리를 옮겨야 하기에 효율적인 마취와 회복 전략이 필요했다. 바람이처럼 고령이거나 건강상 염려되는 부분이 있는 동물들은 안전하게 호흡, 심박, 혈압 등을 감시하는 마취 모니터링을 한 후 이동해야 하지만, 다섯 마리는 모두 나이가 많지 않아서 마취 모니터링을 하기보다는 신속하게 옮기고 빨리 회복시키는 것이 낫다고 판단했다.

야생동물의 마취를 위해서는 일반적으로 블로건을 사용한다. 잠시 관찰해보니 작은 곰들은 사육사들이 다가서면 먹이를 주는 줄 알고 창살에 매달렸다. 사육사가 사과 조각을 든 손을 높이 들어 올리자 곰도 따라 창살을 타고 올라갔다. 곧바로 내려오기는 어려운 위치에 곰이 매달렸을 때 핸드 주사기를 사용해 재빨리 뒷다리에 약물을 투여했다. 블로건을 사용할 때보다 시간이 훨씬 단축됐다.

하이에나는 그러기 어려워서 하는 수 없이 블로건을 불어 마취약을 주입하기로 했다. 하이에나는 보기보다 겁이 많았다. 분위기가 심상치 않자 흥분하며 뛰기 시작했다. 더운 날 흥분하여 뛰어다니면 체온이 급상승해서 위험하다. 정신을 집중해 뒷다리 근육에 블로건 주사기를 날렸다. 10분쯤 지나자 하이에나가 비틀거리기 시작했고, 잠시 후에는 움직임이 없었다. 장대로 몸을 건드려 마취 상태를 확인하고 나서 사육장 안에 들어가 몸을 만져보니 뜨거웠다.

하이에나를 소형 손수레에 싣고 신속히 이동하여 대형 선풍기로 몸의 열을 식혔다. 회복제를 놓은 후 동물들이 일어나기를 기다렸다. 다섯 마리를 옮기는 데 두 시간이 채 걸리지 않았다. 등골을 타고 흐르는 땀이 더워서인지 아니면 긴장해서인지 가늠이 잘 안 되었다. 다행히 사고 없이 모두 회복했지만, 응급이 아닌 이상 여름철 마취는 지양하는 게 맞겠다 싶었다.

...

이처럼 위험을 무릅쓰고 동물들을 마취하면서까지 이동하는 이유는 하루라도 빨리 열악한 환경을 개선해주려는 동물원

대표의 의지에서 비롯됐다. 반면 금전적인 이익만을 위한 동
물원들은 동물의 생태나 습성을 고려하지 않고 방문객의 관
심을 끄는 데 집중하다 보니 정작 동물들은 뒷전이다. 먹이
주기 체험을 위해 동물의 먹이를 제한하거나 좁은 공간에 은
신처도 없이 무방비로 동물이 노출되는 일들이 벌어지는 것
이다. 2023년 '동물원수족관법(정식 명칭은 〈동물원 및 수족관의
관리에 관한 법률〉이다)'이 강화되면서 동물원과 수족관이 허가
제로 변경되었다. 열악한 동물원이 빨리 없어지길 바라고 있
지만, 현재 동물원에 머물고 있는 동물들이 있기에 대책을 마
련하도록 2028년 말까지 유예기간을 두었다.

동물원수족관법 개정안이 통과된 이후, 개인 동물원에서
사자나 호랑이를 데려가줄 수 없냐는 전화가 심심찮게 온다.
청주동물원이 바람이를 구조해 데려온 데다 국내 1호 거점동
물원이라는 상징적 의미를 지닌 공간이기 때문일 것이다. 야
생성을 잃어 자연으로 되돌아갈 수도 없는 동물들은 어디로
가야 할까. 유예기간 사이에 동물들이 방치되어 고통받지 않
기를 바라며 동물원수족관법이 연착륙할 수 있도록 돕는 것
이 거점동물원의 역할이라 생각한다.

청주동물원에 안착한 D는 시민 공모를 통해 '구름'이라는

야생으로 돌아갈 수 없는 야생동물은

어디로 가야 할까.

ⓒ청주시

이름을 갖게 되었다. 우선 아빠 바람이와 합사를 시도했는데, 싸움이 일어나 구름이의 귀에 작은 상처가 생겼다. 다행히 잘 아물고 있다. 혹시 필요할지 모르는 마취 전 검사와 건강검진을 위해 구름이는 자발적으로 참여하는 메디컬 트레이닝을 받고 있다. 맛있는 간식을 먹는 동안 채혈을 하거나 주사를 맞는 훈련인데, 이때 사용되는 간식이 반려 고양이들이 좋아하는 츄르다. 치약 통만 한 츄르를 좋아하고 야성도 없어 보이는 구름이는 정말 큰 고양이 같다.

...

강릉의 S 동물원에 가는 동안, 예전에 읽은 해외 토픽이 떠올랐다. 여느 날과 다름없이 출근하는 직장인들로 가득 찬 시내버스가 정해진 노선을 갑자기 벗어나 난데없이 바다로 향했다는 내용이었다. 버스에 탄 사람들이 내려달라고 아우성쳤지만 운전사는 아랑곳하지 않고 운전에만 집중했다. 마침내 버스는 바다에 도착했고, 승객들은 모처럼 보는 바다에 표정이 밝아졌다. 어쩌면 일상을 벗어난 엉뚱한 상황에 해방감을 느꼈는지도 모른다.

운전사는 곧 경찰에 붙잡혔다. 취재기자들이 이유를 묻자 그는 "갑자기 바다가 보고 싶어서"라고 대답했다. 승객들은 운전사의 처벌을 원치 않았고, 덕분에 운전사는 회사에 계속 다닐 수 있었다고 한다. 갇힌 동물들이 잠시나마, 비록 마취한 상태로라도 사육장 밖으로 나오는 모습을 보면서 그 운전사의 마음에 공명하고 있었나 보다.

요즘은 영상을 통해 해외 야생동물의 모습을 실시간으로 얼마든지 관찰할 수 있다. 한국 시간 오후 6시, 유튜브로 '아프리카 라이브 캠Africa live cam'을 보고 있다. 아프리카는 오전 11시, 코끼리가 웅덩이의 물을 마시고 있다. 또 다른 라이브 캠에서는 오후 9시의 뉴질랜드 해안 절벽이 비춰진다. 절벽 사이에 놓인 둥지에서 앨버트로스가 알을 품고 있다.

동물원 담장 바로 옆에 조그만 물웅덩이를 만들고 라이브 캠을 설치해보려고 한다. 우리 동물원은 산에 위치하고 있다. 동물원을 찾는 사람들에게는 다소 불편할지 모르지만, 그 덕분에 야생동물이 쉽게 접근할 수 있다. 새로 만들 물웅덩이는 개울물이 어는 겨울에 야생동물의 긴요한 음수대가 될 것이고, 여느 계절에는 새들이 와서 목욕을 하고 깃털도 손질할 것이다. 라이브 캠을 설치하면 토종 야생동물 연구에도 도움이 되고 시민들에게 야생동물의 생생한 모습도 보여줄 수 있을 것이다. 비록 '동물원'이지만 야생동물 서식지가 될 수 있다면, 그 모순적인 모습이 어쩌면 동물원이 나아가야 할 미래가 아닐까.

절도와 구조 사이,
수박이 구출 작전

3년 만에 만난 장군이는 시골 동네를 자유롭게 돌아다니고 있었다. 이장님네 골든리트리버 장군이가 앞서면 그보다 작은 개 똘똘이가 뒤따랐다. 장군이와 똘똘이를 만난 이웃 어르신들은 마치 지인의 자식들을 대하듯 이름을 부르며 머리를 쓰다듬었고, 개들도 눈을 가늘게 뜨며 사람들의 부드러운 손길을 느꼈다.

3년 전 어느 봄날, 시골 개 의료봉사를 위해 청주시 문의면 묘암리를 찾았다. 묘암리로 가는 국도는 바람에 떨어진 벚꽃으로 자동차 바퀴에 꽃물이 들 지경이었다. 홍매화가 붉은 마을 입구를 지나니 산으로 둘러싸인 작은 마을이 나왔다. 그날 방문의 주 목적은 마을 개들의 불임수술(중성화수술)이었다. 시골 개는 아파도 동물병원에 보내지는 경우가 드물고 번식도 많이 되어 결국 떠돌이 개가 된다고 했다. 개들의 통증을 치료하고 번식을 제한하는 시술이 필요했다.

수술을 위해 개들을 모아놓고 보니 닮은꼴이 여럿 보였다. 이유를 묻자 사람들은 일제히 이장님네 똘똘이를 지목했다. 묘암리 바람둥이, 아니 '매력견'이 다름 아닌 똘똘이였던 것이다. 똘똘이는 이웃들의 원성으로 갇혀 지냈으나 불임수술 후 장군이와 동네 마실을 다닐 수 있게 되었다.

이장님은 마을에 고양이가 늘어난다며 개체수 조절을 위해 불임수술을 해야 할 것 같다고 하셨다. 산골 마을 고양이들은 이주가 어렵다. 마을 어르신들이 주는 먹이가 고양이 수에 비해 적으면 고양이는 야생화되어 야생조류를 사냥한다. 마라도에서 고양이들이 희귀 조류를 사냥해 섬 밖으로 내쫓긴 적이 있는데, 이와 비슷한 경우라고 볼 수 있다. 다수 번식된 시골 개들도 관리가 되지 않으면 들개화되어 야생포유류를 위협한다고 알려졌다.

야생동물 보호에 관심 있는 공영 동물원 수의사들을 중심으로 청주시, 청주시수의사회, 전국수의과대학학생협회, 동물복지문제연구소 어웨어(이하 어웨어)가 의료봉사에 참여했다. 수의사와 수의대 학생으로 조직된 수술팀이 검진과 불임수술을 담당하고, 어웨어와 봉사자들이 낡은 개집과 목줄 교체, 개집 주변 환경 정비를 맡았다.

수술 전날 어르신들에게 포획 틀을 가져다드리며 고양이들이 아침밥을 먹으러 올 때 포획해주십사 부탁드렸다. 마을회관에서 수술이 진행되는 동안 어르신들은 걱정이 되는지 주변을 서성이셨다. 고양이들을 순차적으로 이동시키면서 수술을 하다 보니 시간이 많이 들었다. 어르신들은 갇혀 있는 고양이들이 안쓰럽다며 꺼내주고 싶다고 하셨다. 그런 모습을 보니 문득 그 동네에 살고 싶어졌다. 우연히 집에 들어온 동물에게 자리를 내주는 마을이라면 분명 낯선 이방인도 살 만할 테니까.

...

래브라도리트리버인 수박이는 4년 전 다른 마을에 의료봉사를 나갔다가 만난 개다. 8월의 뙤약볕에 달궈진 콘크리트 바

짧은 목줄에 묶인 채

뙤약볕에서 숨을 헐떡이던 수박이의 얼굴이

집에 돌아간 뒤에도 어른거렸다.

닥에서 수박이는 혀를 빼물고 숨을 헐떡이고 있었다. 쇠말뚝에 박힌 짧은 목줄이 이리저리 감겨 있어 꼼짝도 못 했다. 전에는 목줄이 좀 더 길었는데 수박이가 근처의 상수도 뚜껑을 망가뜨린 후로 닿지 않게 하느라고 짧게 해놨다고 수박이 주인이 이야기했다.

종일 아무 일도 없다가 처음 보는 봉사자들이 들어서자 수박이는 반가워 어쩔 줄 몰랐다. 물그릇은 진작 엎어진 듯했고 그래서인지 목말라 하는 것 같았다. 수돗가로 데려가 호스를 대주니 수박이는 물줄기를 맞으며 한참을 서 있었다. 봉사자들은 목줄을 길게 해 활동 반경을 넓혔고 햇볕을 가릴 가림막을 쳐주었다.

봉사를 끝내고 집에 돌아온 밤, 봉사자에게서 전화가 왔다. 내일 아침에 개장수가 데려갈 거라는 얘기를 듣고 주인을 찾아가 수박이를 사겠다고 설득했지만 실패했다는 것이었다. 통화를 마친 후에는 도통 잠이 오지 않았다. 낮에 본 수박이 얼굴이 눈앞에 어른거렸다. 인터넷으로 개 구조를 검색해보니 현행법상 절도에 해당되었다.

순간 "에잇, 모르겠다"라는 말이 입에서 튀어나왔다. 옷을 주섬주섬 챙겨 입고 집을 나왔다. 일단 언제 들이닥칠지 모르는 개장수를 피한 다음 주인과 협상해보면 되겠다 싶었다. 차를 몰아 새벽 5시쯤 어둑한 마을에 들어섰다. 기억을 되짚으며 가는 골목길에선 어르신들의 작은 기침 소리에도 흠칫 놀랐다.

수박이를 묶어둔 말뚝을 뽑자 개는 산책이라도 가는 줄 알았는지 신나 했다. 그런데 막상 차에 태우려 하니 겁이 났는지 덩치 큰 수박이는 힘으로 버텼다. 실랑이 끝에 뒷자리에 간신히 수박이를 욱여넣었다. 쿵쾅대는 내 심박수만큼 엔진 RPM을 올리며 마을을 빠져나왔다.

며칠 후 차가 특정되어 나는 경찰서에 출석했고, 그 후에도 여러 우여곡절이 있었지만 결국 보호자와 합의해서 수박이는 내 개가 됐다. 당장은 어쩔 수가 없어서 당분간은 수박이를 동물원에 두었지만 오래 머물게 할 수는 없었다. 얼마 후 수박이를 경기도의 한 훈련소에 입소시켰다. 수박이는 사람과 살기 위해 필요한 기본 규칙을 지키는 연습과 사회화 훈련을 받았다. 그러나 수박이처럼 큰 개는 국내 입양이 잘되지 않는다고 했다.

결국 어웨어의 도움으로 수박이는 캐나다로 입양을 가게 되었다. 출국일에 나는 수박이를 배웅하기 위해 공항에 갔다.

날씨는 매우 추웠지만 수박이와 함께 멀리 입양 가는 다른 개들을 보니 왠지 미안하기도 하고 다행스럽기도 했다.

입양 가는 개들은 대체로 큰 개들이었고 시골에서 흔히 볼 수 있는 종이었다. 어웨어 담당자의 말에 따르면, 국내 동물보호소에 들어오는 개들도 대부분 비슷한 종이라고 한다. 시골 마당에 묶여 있는 개들은 태어난 이후 제대로 돌봄을 받지 못한 채 들개가 되거나 포획돼서 보호소에 잠시 머물다가 안락사되는 게 현실이다. 반복되는 불행을 막으려면 조치가 필요하다. 언젠가 보호소 의학Shelter Medicine을 공부한 수의사의 강연을 들을 기회가 있었는데, 그가 말한 문장이 기억에 남았다. "넘치는 수돗물을 막으려면 우선 수도꼭지를 잠가야 한다. 그것이 불임수술이 필요한 이유다."

수박이가 한국을 떠나고 나서 얼마 후 사진이 한 장 전해졌다. 캐나다의 동물단체 직원이 수박이와 찍은 것이었다. 사진 속 수박이는 즐거워 보였다. 캐나다에서는 수박이 같은 개들이 인기가 좋아 금방 분양된다고 한다. 수박이도 이내 좋은 보호자를 만났을 것이다.

한국에서는 2024년에 '개 식용 금지법(정식 명칭은 〈개의 식용 목적의 사육·도살 및 유통 등 종식에 관한 특별법〉이다)'이 통과되

제대로 돌봄 받지 못하는 동물들을 줄이기 위해

할 수 있는 일은 무엇일까.

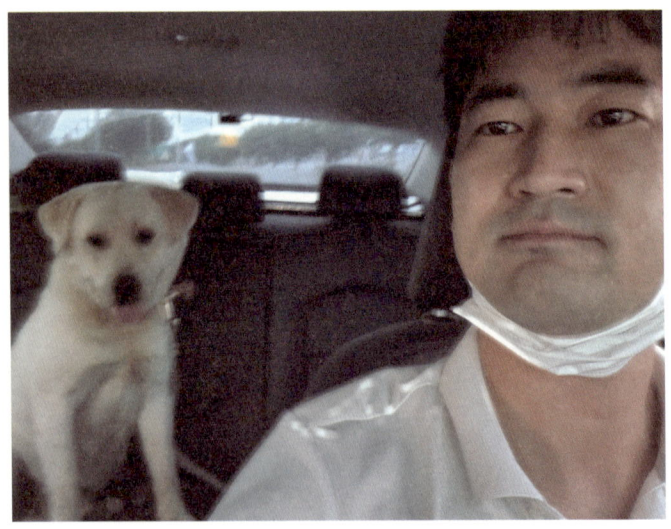

었다. 이제 개장수가 수박이 같은 개를 데려가는 일은 불가능해졌다. 그렇지만 짧은 목줄에 묶여 지내는 개들, 떠도는 개들, 갈 곳 없는 개들, 버려진 개들은 여전히 있다.

...

묘암리 의료봉사 때 불임수술을 받은 개들 중에는 천명이도 있었다. 수술을 기다리는 동안 보호자인 할머니에게서 천명이의 사연을 들었다. 어느 겨울날 할머니네 마루 밑에서 떠돌이 개가 새끼를 낳았는데, 이내 어미와 새끼가 모두 얼어 죽은 듯했단다. 할머니가 꺼내 보니 죽은 새끼들 틈에 한 마리가 가냘프게 숨을 쉬고 있었다. 실낱같은 숨줄을 밤낮으로 보살펴 살려낸 강아지가 천명이었다. 하늘이 내린 목숨이라 천명이었을까. 자기를 구해준 생명의 은인임을 아는 듯, 천명이는 할머니와 한시도 떨어지지 않으려 했다.

사고는 순식간에 일어났다. 봉사단은 단시간에 효율적으로 일을 마치기 위해 수술팀 둘, 검진팀 하나, 환경정비팀 하나로 나누어 움직였다. 다급히 나를 찾는 소리에 달려가 보니, 수술을 위해 마취주사를 맞은 천명이의 모든 바이털이 갑자기 떨어지고 있었다. 긴급히 심폐소생술을 했지만 결국 천명이는 회복하지 못했다. 수술 시작 전 할머니에게서 들은 천명이의 사연이 더욱 마음을 무겁게 했다. 연로한 할머니가 받으실 갑작스러운 충격을 줄여보고자 할머니의 가족들과 상의했고, 할머니에게는 응급 상황이라 천명이를 큰 병원으로 옮겼다고 말씀드렸다. 그러나 언제까지고 숨길 수는 없었다.

며칠 후 천명이를 담은 상자를 들고 할머니 댁을 찾았다. 나는 천명이를 가족에게 인계한 다음, 문밖에 서 있었다. 할머니의 통곡이 들렸다. 봉사단의 책임자로서 할머니에게 죄송하다고 말씀드리려 방에 들어갔다. 원망하실 줄 알았는데 할머니는 고개를 숙인 나에게 "선생님들 잘못이 아니야"라고 하셨다. 어른이 된 후로 누구에게도 보이지 않았던 눈물이 내 볼을 타고 흘렀다.

떠올리고 싶지 않은 일을 힘들게 꺼내는 것은, 문제해결은 솔직한 반성에 있다고 믿기 때문이다. 천명이의 사고 같은 일이 재발하지 않으려면 현장형 진료 시스템 구축이 필요하다. 현지에 나가 마취와 수술을 하다 보면 수술이나 응급에 대비한 장비들을 충분히 준비하기가 어렵다. 간단한 처치에도 순식간에 위험 상황으로 돌변할 수 있는 여지가 얼마든지 있는 것이다.

이런 위험을 줄이기 위해 '움직이는 진료실'을 운영하려고 한다. 트레일러에 마취 및 응급 장비들을 구비해 보다 안정된 여건에서 불임수술 정도는 가능하도록 하는 게 핵심이다. 거점동물원으로서 상주 수의사가 없는 충청·강원권역 동물원의 동물 검진뿐 아니라, 청주시 외곽 시골 마을의 동물도 보살필 수 있는 기반이 마련되는 것이다. 동물을 조금이나마 더 편안하게 해주고, 동물보호소에 들어오는 동물의 수를 줄이며, 나아가 야생동물을 보호하는 데에도 일정 정도 기여할 수 있을 것이다. 동물들에게 해줄 수 있는 일이 하나 더 늘어난다고 생각하니 기대가 된다.

"사람 살기도 힘든데 무슨 동물까지 챙기느냐?"고 이야기하는 분들을 만날 때가 있다. 그러나 '동물이 살 만하다면 그곳에 사는 사람들은 얼마나 행복할까?'라는 물음에 부정적으로 대답하기는 누구든 힘들 것이다. 동물을 대하는 마음과 사람을 대하는 마음은 본질적으로 다르지 않을 테니 말이다.

2

---*---

수의사의 일은
동물의 고통을 멈추는 것

야생동물은
아픈 곳을 숨긴다

청주동물원에 야생동물보전센터가 생겼다.

야생동물보전센터는 검진실과 수술실이 있는 동물병원이다. 내가 청주동물원의 첫 상주 수의사로 입사했을 때는 동물원에 동물병원이 없었다. 외부 동물병원의 촉탁 수의사가 잠시 다녀가는 곳이다 보니 창고 같은 곳에 테이블과 주사기 몇 박스가 있는 게 전부였다. 진료가 제대로 될 리 없었다.

나는 예산 부서에 의료 장비를 수시로 요청했다. 마침 예산 담당 팀장이 사슴을 키우고 있어 주말이면 종종 농장에 들러 사슴 관리도 도와주고 의견도 나누었다. 사슴에 대한 이해가 바탕이 되니 필요한 예산을 설명하기도 수월했다. 그렇게 해서 처음 들인 의료기기가 엑스레이 촬영장치와 초음파진단기였다. 창고에 기기들을 들여놓으니 제법 병원 같았다. 빠듯한 예산이라 더 요구하기도 미안해서 자잘한 검사 재료들은 다니고 있던 대학원 실험실에서 몰래몰래 가져다 썼다. 그때는 티가 안 났을 거라고 생각했지만, 돌이켜 보니 교수님이 알면서도 눈감아주셨던 것 같다.

입사 8년 만에 시설팀 주무관의 도움으로 가까스로 예산이 편성되면서 현재 사용 중인 동물병원이 건축됐다. 적은 예산으로 짓다 보니 간혹 지붕에서 빗물이 새기도 하고 여러모로 아쉬운 부분이 많았다. 수술실이 좁아서 환자 동물과 수술팀이 들어가면 움직일 여유 공간이 없었고, 수의대 학생들이 실습을 오면 수술실 밖에서 창문으로 참관해야 했다. 하지만 이곳에서 나는 멸종위기종에 대한 연구로 학위도 받았고, 여러 수의사들과 협진하여 사자 같은 대형 고양잇과의 개복수술도 국내 처음으로 성공할 수 있었다. 지금은 내과 수의사의 주도하에 토종 야생동물의 질병을 연구하는 임상병리실로 사용되는데, 여기서 작성한 연구논문들이 학술지에 실렸다. 참고할 만한 토종 야생동물의 의학 자료가 거의 없는 게 현실이다. 편찬된 논문들을 참고하여 다른 야생동물 수의사들이 토종 야생동물에게 더 나은 치료를 해줄 수 있기를 바라는 마음이다.

...

야생동물은 자신의 약점을 숨긴다. 질병과 부상이 야생의 경쟁에서 불리하게 작용한다는 것을 본능적으로 잘 아는 것 같다. 폐사한 동물들을 부검하다 보면 이런 몸 상태로 어떻게 고통을 참고 있었는지 놀라울 정도다.

동물원에 동물병원이 필요한 까닭은 동물이 아플 때 잘 치료해주기 위한 것도 있지만, 아프다고 스스로 말하지 못하는 야생동물들의 고통을 덜어주기 위해 몸의 이상을 미리 발견하고자 하는 것도 있다. 이를 위해서는 사람과 마찬가지로 정기적인 건강검진이 필수다.

신축된 센터의 검진실에는 커다란 창이 있다. 동물들이 건강검진하는 모습을 지켜볼 수 있는 체험 프로그램을 만들어 참가자들에게 공개하려고 한다. 수술실은 수의사들이 집중해야 하는 공간이기에 공개가 불가능하지만, 동물이 건강한 상태임을 전제로 한 검진이라면 수의사들도 마음에 여유가 있어 자신이 하는 일을 참가자들에게 설명할 수 있다.

청주동물원은 방문객이 항상 동물을 볼 수 있는 곳이 아니다. 동물들이 보이지 않을 때도 있다. 내실에 있던 동물이 방문객이 볼 수 있는 방사장으로 나가는 것은 그날의 컨디션에 따라 스스로 선택한다. 그러니 동물원에 와서 정작 동물을 못보고 간다고 아쉬워하는 분들도 많다. 그래서 공개 건강검진 같은 대안이 필요하다. 동물을 위한 일이지만 방문객들도 재미있고 의미 있게 받아들일 수 있어야 공영 동물원이 추구하는 동물복지 방향성이 지속될 수 있다고 생각한다. 또 야생동물도 사람처럼 검진을 받으며 건강을 관리하는 존재라는 사실을 알리는 것도 동물이 물건이 아니라 살아 있는 생명임을 다시금 느끼게 해주는 일이라 여긴다.

동물원 방문객 중에는 동물을 딱히 좋아하지 않거나, 심지어 야생동물을 싫어하는 시골 어르신들도 있다. 시골에서는 야생동물이 사람에게 피해만 준다고 생각해서다. 농작물을 파먹고, 밭을 망쳐놓고, 닭을 물어가니 그럴 수밖에 없다. 그래도 가족들과 함께하는 동물원 방문은 일단 즐겁다. 같이 온 아이들이 "할아버지 할머니! 야생동물은 다양한 식물 씨를 퍼뜨리고 생태계를 유지하는 데 없어서는 안 되는 존재래요" 라고 이야기할 수 있는 좋은 기회다. 또 야생동물들의 고단한 삶을 알게 되면 '너도 사느라 힘들구나' 하고 동질감을 느끼실지도 모른다.

센터에서 가장 공들인 곳은 수술실이다. 수술실 내에서는 양압 유지와 유입 공기 필터링으로 세균 등 미생물을 제어한다. 야생동물, 특히 사자나 호랑이 같은 맹수의 수술은 어렵다. 마취하지 않으면 동물에게 접근조차 할 수 없다 보니 수술 후 처치도 제한적이다. 그래서 수술 후 처치가 용이한 최소 침습적 접근이 필요하다. 사람에게는 대부분 최소 침습 수술을 하는 것처럼, 반려동물의 통증을 줄일 수 있다는 점에서 최근 동물병원에서도 이에 대한 관심이 증가하고 있다. 센터에도 다양한 동물에게 최소 침습 수술이 가능한 의료 장비들이 들어올 예정이다.

야생동물보전센터 안에는 멸종위기종 생식세포 보관실도 있다. 정기검진을 할 때는 동물의 생식세포를 간단한 방법으로 채취할 수 있다. 이 땅에서 사라질 위기에 있는 토종 야생동물 보전을 위해선 생식세포의 냉동보관이 한 방법이다. 또 특정 전염병에 강한 종과 약한 종이 있다. 한국인과 긴 역사를 함께한 토종 동물들의 생식세포 유전자를 연구하면 코로나19 같은 인수공통질병에 대한 한국인의 방어 열쇠를 찾을 수도 있을 것이다. 이미 여러 나라에서 공동연구를 하고 있는데 일명 주노미아 프로젝트Zoonomia Project다. 이 프로젝트를 위한 연구 재료의 절반 이상이 미국 스미소니언 국립 동물원에 냉동 보관되었던 다양한 야생동물 생식세포라고 한다.

　최근 스미소니언 국립 동물원 연구팀은 달에 저장고를 만들어 멸종위기종 세포를 저장하려는 계획을 국제 학술지에 발표했다. 지구에서 세포를 냉동 저장하려면 영하 196도까지 내려가는 액체질소나 초저온 냉동고가 필요하지만, 태양빛이 들지 않는 달의 '영구 음영 지역'은 별도의 장치나 에너지가 필요 없는 저장소다. 로켓에 실려 우주로 날아가는 국내 토종 멸종위기종 세포들을 상상해본다. 달을 바라볼 때마다 보관해둔 걸 든든해 할까? 멸종 상황을 씁쓸해 할까? 아무튼 앞으로 청주동물원에 보관되는 생식세포가 한국인과 토종 야생동물에게 의미가 있길 바랄 뿐이다.

아프다고 말하지 못하는

야생동물의 고통을 덜어주려면

정기적인 검진이 필수다.

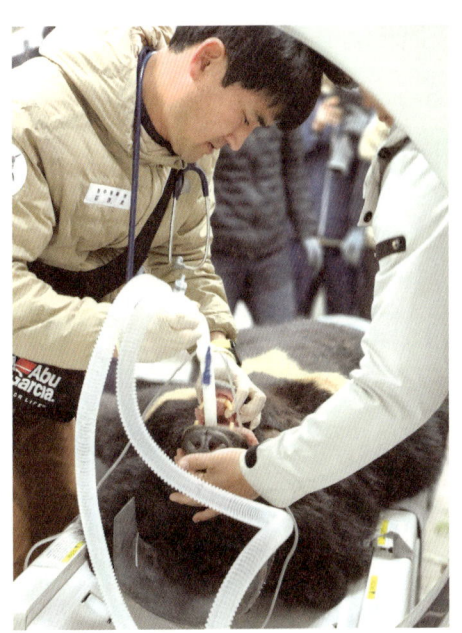

...

청주동물원은 거점동물원으로서 야생동물 인력 양성 역할도 한다. 야생동물보전센터가 전국 동물원, 수족관, 야생동물구조센터의 수의사들이 각자의 재능을 공유하고 실습 학생들이 배우고 익혀 더 많은 야생동물을 돌보고 치료할 수 있는 공용 센터가 되기를 바란다.

검진이 없는 날을 위해 사자와 곰 모양의 대형 인형을 구입했다. 다른 수의사들과 함께 인형 내부를 동물의 실제 몸속처럼 만들어볼 생각이다. 얼마 전에 방문한 서울대 수의대에는 시뮬레이션 랩이 있었다. 거기엔 학생들이 여러 가지 진단과 수술을 가상으로 해볼 수 있는 임상 실습용 동물 모형들이 있었다. 시뮬레이션 랩을 이용하면 학생들은 동물이 느낄 불필요한 고통에 대해 죄책감을 갖지 않고도 마음껏 임상 술기를 익힐 수 있을 것이다.

시뮬레이션 랩을 돌아보고 나니, 30년이 다 되어가는 일이지만 과거 수의대생 시절의 내과 실습 시간이 떠올랐다. 조원들이 돌아가면서 개 한 마리로 채혈 실습을 하고 있었는데, 개가 점점 힘들어 하자 실습을 주저하거나 거부하는 학생들

이 생겼다. 외과 실습에서는 모의 수술 마지막 날 안락사가
예고되어 있었다. 누가 시킨 것도 아닌데 학생들은 등굣길에
개가 좋아할 만한 간식을 사 왔다. 평소 수술 전에는 절식이
원칙이지만 그날만은 의미 없는 일임을 모두 알았다. 맛있는
간식을 마음껏 먹은 개는 마지막으로 산책을 했다. 목줄을 잡
은 학생들은 유달리 말이 없었다. 개는 마취주사를 맞고 깊은
잠에 들었다. 학생들은 마음속으로 빌었다. 다음 생에는 무엇
으로도 태어나지 말기를….

...

환경과생명문화재단에서 주최한 북 콘서트에 출연한 적이
있다. 책은 현직 교사인 저자가 해마다 태국 코끼리 생츄어리
Elephant natural park를 방문해 사연 많은 코끼리들을 돌보는 이야기
였다. 방청객의 질문 중에는 동물원 수의사로서 동물권에 대
해 어떻게 생각하느냐는 것도 있었다. 질문의 수준이 내 지식
을 상회해 앞으로는 동물에 관한 철학을 공부해야겠다는 생
각이 들었다.

　내가 아는 바로는 동물권은 인권과 동등할 수 있다는 윤리

적인 개념이다. 예를 들어 구명정에 사람과 동물이 같이 타고 있을 경우에 동물이 아니라 사람이 내릴 수도 있다는 의미다. 하지만 아직 동물은 법적으로 물건이고, 사람들이 잡아먹기 위해 기르는 동물도 많다. 당장은 동물복지가 현실적으로 더 필요하다고 생각한다.

동물복지는 동물에게 불필요한 고통을 주지 않도록 배려하는 것으로 과학의 영역에 속하며, 심지어 이 개념은 도축장의 가축들에게도 적용할 수 있다. 사람은 동물의 언어를 이해하지 못하므로 대개 아전인수 격으로 동물의 생각을 해석한다. 하지만 동물이 보내는 여러 신호를 과학적으로 분석한다면 동물의 상태를 좀 더 객관적으로 판단할 수 있을 것이다.

언젠가부터 나는 동물이 죽고 사는 것보다는 사는 동안 신체적 고통을 겪고 있는지 아닌지에 관심이 더 많아졌다. 몸의 고통을 빨리 발견하여 해결해주는 것이 수의사로서 동물복지를 실천하는 길이라 믿는다. 동물들을 볼 때마다 속으로 가만히 말해본다. '아프면 아프다고 말해주면 좋겠어. 그러면 좀 더 도와줄 수 있을 것 같아.'

호랑이
발톱 뽑기

암컷 호랑이 이호가 다리를 절룩거리는 것을 발견했다. 웃자란 발톱이 발바닥을 찔러 통증을 불러온 것이다. 이럴 때는 마취 후 발톱을 잘라줘야 한다.

이호는 2006년에 태어났는데, 태어난 직후 어미에게서 떼어내어 사람이 젖병을 물려서 키웠다. 그래서인지 사람에게 더 친근한 성향이 있었다. 반면 이호보다 1년 뒤 태어난 호순이는 어미젖을 한참 먹고 자라서 덩치도 훨씬 크고 야성도 지녔다. 같은 어미에게서 태어나도 이렇게 다르다.

이호는 지난번 건강검진 때 마취 부작용으로 경련을 했고,

노령으로 회복이 더딜 것이라 예상돼 걱정이 되었다. 그래도 아픈 걸 그냥 둘 수는 없으니 바로 치료해야 했다. 조심스러워서 마취제 용량을 최소한으로 증량하다 보니 블로건 주사기를 몇 발 더 맞아야 해서 이호는 화를 많이 냈다. 마취제의 양을 세밀하게 조절하기 위해 마지막 주사는 이호의 공간으로 들어가 놓기로 했다. 엉덩이에 주사를 놓으려는 순간 이호가 벌떡 일어나 결국 급히 나왔지만 말이다.

다행히 이호는 치료 후 별일 없이 마취에서 깨어났다. 주사를 맞아 아프긴 했지만 발바닥에 있던 더 큰 통증이 사라지니 이호의 운동량은 이전보다 많아졌다. 나이 든 동물들이 진료 후에 편안해 하거나 활발해진 모습을 보면 노령의 몸으로 포기하지 않고 잘 이겨냈구나 하는 생각이 들어 기분이 좋다.

수의대생 시절에 동물원 실습을 나갔다가 "야생동물의 진료는 보정(움직임을 저지하는 것)이 반"이라는 이야기를 들었다. 반려동물이나 가축은 물리적인 보정(손이나 포획 도구를 이용해 붙잡고 있는 것)만으로도 간단한 진료를 할 수 있다. 하지만 동물원의 야생동물은 물리적 보정이 쉽지 않아서 주로 약물을 사용하는 화학적 보정을 한다. 그러나 동물의 의식이 그대로인 채 단지 움직이지 못하게 하는 보정과, 의식 및 통증이 없는 마취는 동물을 위해서 구별해야 한다.

입사 초, 다른 동물원으로 사슴들을 옮기는 일이 있었다. 수의대 협력농장에서 사슴 마취를 본 적은 있지만 직접 해본 적은 없었다. 사슴을 옮길 만한 차량도 마땅치 않아 동물 운송업체를 불렀다. 업체 사장은 사슴 마취를 많이 해봤다며 우리를 안심시켰다. 사장이 블로건을 불어서 쏘는 주사기는 사슴의 엉덩이에 정말로 백발백중했다. 약효도 빨라 1~2분 안에 사슴들이 쓰러졌고 트럭 위 케이지에 넣자 바로 회복했다. 그러나 끝까지 일어나지 못한 사슴 한 마리는 폐사했다. 사장은 간혹 있는 일이라고 덤덤하게 말했다.

사장이 사용한 약병의 성분을 보니 석시닐콜린이라는 속효성 근이완제였다. 이 약물은 호흡 마취 시 목과 턱 주변 근육을 빠르게 이완시켜 기관삽관을 용이하게 해주는 약물이지 절대 마취제가 아니다. 폐사한 사슴은 호흡근이 이완되어 숨을 쉬지 못했던 것이다. 몸을 움직일 수는 없었지만 의식은 그대로여서 숨이 멎는 고통을 생생하게 느꼈을 것이다.

우리 동물원에 웅담 채취용 곰을 데려온 후에도 나는 농장에 남은 곰들에게 해줄 수 있는 게 혹시 있을까 해서 가끔 그

변수가 많은 야생동물 마취는

항상 긴장되는 일이다.

치료 후 편안해진 동물의 모습을 떠올리며 집중한다.

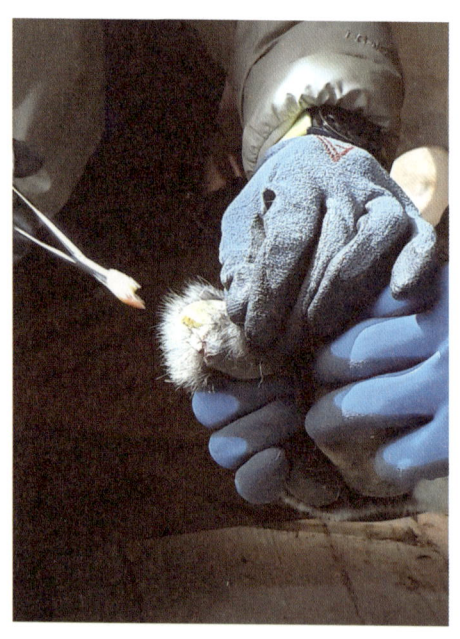

곳을 들렀다. 농장주들과 웅담 채취에 대해 이야기할 때면 어김없이 석시닐콜린이 등장했다. 몸을 움직일 수 없는 상황에서 의식 있는 곰들이 얼마나 큰 정신적 충격을 받았을지 예상할 수 있었다. 호흡근이 마비되어 죽은 뒤 웅담이 꺼내졌다면 그나마 다행이었겠지만, 죽지 않고 정신이 또렷한 상태였다면 자기 배가 갈라지는 것을 온전히 체감했을 것이다. 다행히 환경부에서 관련법을 정비하여 2026년부터는 곰 사육이 전면 금지된다. 끔찍한 일들이 더 이상 반복되지 않기를 바란다.

...

건강검진을 하던 날, 위장 내시경검사를 위해 호명을 기다렸다. 이 순간을 위해 어젯밤 그토록 화장실을 들락거렸던 것이다. 밤새 마신 2리터의 장세척액에서는 레몬향이 났다. 당분간 비슷한 향의 음료는 마시지 못할 것 같았다. 이름이 불린 후, 나는 침대 위에 새우처럼 옆으로 누워 커튼 뒤 검사기에서 나오는 기계음을 들었다. 내시경 삽입관을 입에 물자, 그와 동시에 약물이 주사기를 통해 내 정맥으로 들어왔다. 투명

한 색으로 보아 동물원에서도 사용하는 진정제인 미다졸람 같았다. 이 약은 시술 중 불편했던 기억이 소실되는 장점이 있다.

흐릿한 의식 저편에서 몸 상태를 묻는 간호사의 목소리가 들렸다. 실눈으로 본 벽시계는 겨우 20분이 지나 있었다. 아무 일도 없었던 것처럼 정말 아무런 기억이 없었다. 마취제가 없던 시절, 침습적인 의료 행위의 고통은 얼마나 컸을까? 참을 수 없던 통증의 기억도 오래갔을 것이다. 석시닐콜린을 맞은 사슴과 사육곰의 모습이 떠올랐다.

몇 년 전에 소방서에서 야생동물 마취 강의를 한 적이 있다. 119 구조대는 도시에 출몰한 멧돼지나 떠돌이 개를 포획해달라는 잦은 민원에 대응하고 있었다. 강의 중에도 끊임없이 안내 방송이 나왔고, 그와 동시에 교육을 받던 대원들 일부가 달려 나갔다.

마취 강의는 서울 월드컵공원 주변에서 떠돌던 개가 마취총을 맞고 쇼크사한 일이 발단이 되어 하게 되었다. 떠돌이 개였지만 순한 성격 덕분에 산책 나온 시민들의 사랑을 받았는데, 이름을 '상암이'로 붙여주고 밥을 챙겨주는 이들도 생겼다. 그러나 개를 두려워하는 사람들도 있어서 포획해달라는 민원이 관청에 들어오곤 했다고 한다.

상암이가 자주 다니던 월드컵공원 반려견 놀이터 근처에 포획 틀이 설치된 것을 본 시민들은 상암이를 구조해 입양 보내기로 했다. 하지만 빨리 개를 잡으라는 민원이 계속되자 관청은 엽사를 동원해 마취총을 쏘았고, 상암이는 현장에서 폐사했다. 어떤 마취제를 얼마나 사용했는지도 알 수 없었다.

비슷한 일은 반복되었다. 2023년에는 한 농장의 케이지에서 20년 동안 살아온 암사자가 관리자의 실수로 문이 열리는 바람에 케이지 밖으로 나왔다. 문이 열려 나오긴 했지만 암사자는 어디로 가야 할지 몰라 근처 수풀 속에 웅크리고 있었다. 아마도 태어나서 처음 밟아본 흙바닥이었을 것이다. 관리자는 관청에 신고했고, 곧이어 엽사가 출동했다. 암사자는 마취총을 맞고 폐사했다. 같은 해, 한 공영 동물원에서 침팬지 두 마리가 문이 열린 케이지 밖으로 나왔다. 한 마리는 다행히 케이지로 돌아갔지만, 다른 한 마리는 마취총을 맞고 생포되었다. 하지만 회복 중에 안타깝게도 생을 마감했다.

동물이 케이지에서 나오면 일단 생포를 위해 마취를 시도하는데, 맹수나 대형 동물의 경우 마취에 실패하면 곧바로 사살이 이루어진다. 그러나 이런 경우에는 마취총을 맞은 동물도 대부분 폐사하는 것이 현실이다. 안타까운 마음이 들다가도, 동물이 살던 환경이 열악했다면 마취에 성공해서 원래 살던 곳으로 다시 돌아가는 것이 그 동물에게 과연 좋은 일일까를 생각해본다. 우연히 열린 문으로 잠시 나갔던 동물이 안전하게 구조되어 남은 삶을 편안하게 지낼 수 있는 동물 생츄어리로 옮겨진다면 좋으련만.

…

몇 년 전 여우의 건강검진을 위해 일반적인 마취를 했다가 갑작스러운 심정지로 허망하게 하늘로 보낸 적이 있다. 그 당시 일기장에 쓴 글이다.

2022년 12월 ○○일. 얼마 전 여우를 검진하면서 마취를 하게 됐는데 결국 테이블 데스table death했다. 동물원 일을 하면서 별로 없었던 일이라 스스로도 충격이 컸다. 부검 후 조직검사상 심근 문제를 발견했지만 주원인은 심근 문제가 있는 동물에게 인공호흡기를 사용했을 때 심혈관을 억제할 수 있다는 것을 소홀히 했던 나의 문제였다. 반성의 의미로 서울대 동물병원 마취통증의학과 학부생 로테이션에 참여했다. 빠르게 발전하는 개·고양이 의학에 놀라며 동물원 의학과의 격차를 실감하고 있다. (중략) 고통은 몸이나 마음의 아픔이고, 진통은 아픔을 가라앉혀 멎게 하는 일이라고 정의되어 있다. 동물원의 일을 단순하게 말하면, 몸의 진통은 수의사의 일이고 마음의 진통은 사육사의 일이다. 미련스럽게도 통증을 표현하지 않는 동물원 동물들! 살면서 할 수 있는 것과 없는 것의 구분이 중요하다고 생각하는데, 지금 내가 할 수 있는 일은 마취와 진통이다.

고백하자면, 수의사로 일하는 동안 마취를 하면서 여우 외에도 몇몇 동물들을 하늘로 보낸 적이 있다. 야생동물은 마취 전 검사를 하기가 힘들어서 만일 몸 상태가 좋지 않다면 마취를 견디지 못할 수도 있다. 또 종마다 의학적인 자료와 경험이 부족하다 보니 모든 상황에 대비하기도 어렵다.

마취할 때마다 혹시 모를 상황에 대비해 응급 약물과 기관 튜브 등을 준비하지만, 어쩔 수 없이 얼굴이 굳고 신경이 예민해져 말도 곱지 않다. 동물들을 마취해서 정확한 진단이 나오거나 통증의 원인이 제거되면 더할 나위 없이 좋지만, 그렇지 못한 경우도 허다하다. 설사 그렇더라도 몸이 불편해 한동안 잘 못 잤을 테니, 마취약의 힘을 빌려서라도 모처럼 잠이

라도 잘 자면 좋겠다. 한숨 푹 자고 나면 기적이 일어날 수도

있으니까!

수목원 곰이
동물원으로 오던 날

예전에는 전국의 수목원들이 '산림동물원'이라는 이름으로 토종 야생동물들을 전시했다. 지금은 야생동물 보호 업무를 산림청이 아닌 환경부에서 하고 있고, 그 사이 야생생물법과 동물원법도 마련됐다. 그 영향 때문인지 대부분의 산림동물원이 폐원했거나 그 과정에 있다.

청주동물원의 시작은 청주시 녹지과가 운영하던 야생조수 관람장이었다. 관람장이 시민들에게 인기를 끌자 동물원으로 확장되었다. 시민의 위락시설로 지어졌던 전국의 공영 동물원들이 산을 깎아 만든 평지에 들어선 반면, 청주동물원은 산에 자리하게 된 이유다. 유아차를 밀어야 하는 젊은 부모들의 고충을 알고는 있지만, 어쩔 수 없다면 긍정적인 면을 찾아서 단점을 장점으로 만드는 것이 최선이다.

사람은 잠시 다녀갈 뿐이지만 동물원에서 평생 살아야 하는 토종 야생동물들은 원래 살던 산을 더 편하게 느낀다. 또 경사진 곳에서는 동물을 보는 사람들의 시선이 자연스럽게 위로 향한다. 아래로 내려다보는 사람의 시선을 의식하지 않아도 되기 때문에 동물은 괜히 긴장할 필요가 없다. 동물의 입장에서 생각해보면 비록 동물원일지라도 산에 산다는 것은 매우 장점이 많다.

숲에서의 편안함은 단지 야생동물만 느끼는 것일까? 인간도 700만 년 전 땅에 내려오기 전에는 나무 위에 살았고 긴 팔과 구부러지는 손가락으로 나뭇가지를 잘 잡았다. 정면에 나란히 자리한 두 눈은 나무 틈새에 있는 맛있는 곤충을 입체적으로 보고 집어 올릴 수 있게 했고, 망막의 원추세포로는 과일이 잘 익었는지를 알 수 있었다. 나무는 육식동물을 감시하고 피할 수 있게 해주는 안식처이기도 했다. 내가 어린 시절을 보낸 시골집 다락방은 사다리를 놓고서야 간신히 올라갈 수 있는 곳이었다. 작은 키마저 숙여야 하는 낮고 작은 공간이었는데 들어가 앉으면 왠지 마음이 편했다. 허클베리 핀과 톰 소여가 올라가 놀던 나무 위 오두막집이 많은 사람들의 어린 시절 로망인 것도, 피터 팬과 아이들이 나무 위에 사는 것도 우연한 일이 아니다.

…

청주동물원이 거점동물원으로 지정되고 그 역할이 알려지면서 진료 의뢰가 종종 들어온다. 하루는 인근 지역의 한 수목원에 사는 반달가슴곰이 밥을 먹지 않아 기력이 쇠한다는 연락이 와서 차에 마취 장비를 싣고 갔다. 입구의 큰 나무들이 수목원의 세월을 말해주고 있었다. 곰사로 안내하는 수목원 직원의 차가 비상등을 깜박이며 앞서갔다.

오솔길을 따라가니 곰이 사는 건물이 나왔다. 곰 외에도 여러 동물이 함께 살고 있었지만, "낡은 건물 속 동물들이 가엽다"는 민원이 다수 접수되면서 얼마 전 다른 동물들은 사설동물원으로 옮겨졌다고 했다. 여러 사정이 있었겠지만 민원 해결을 위해 동물들이 치워졌다고 표현하는 것이 더 맞겠다 싶었다.

곰의 몸무게를 가늠해보니 150킬로그램 정도였다. 블로건을 불어서 뒷다리 근육에 마취주사를 놓고 기다렸다. 쓰러진 곰은 하얀 거품을 물더니 호흡이 불안정해졌다. 어, 이러면 안 되는데. 급한 마음과 달리 곰사로 들어갈 수는 없는 상황이라 조바심을 내봐야 소용없었다. 차분히 다음 스텝을 준비하는 것이 더 생산적이니 기관삽관을 위해 튜브에 윤활 젤을 바르고 후두경 램프가 잘 들어오는지 확인했다.

초조한 마음에 서둘러 곰을 막대기로 건드려보니 미동이 없었다. 곧바로 곰사로 달려 들어가 입안 가득한 거품을 거즈로 닦아냈고, 기도를 확보해 기관 튜브를 삽관하고 호흡 마취기에 연결했다. 인공호흡을 위해 산소로 부풀린 보유주머니 reservoir bag를 짜기 시작하자 얼마 지나지 않아 마취 모니터의 바이탈이 정상으로 돌아왔다. 나도 모르게 안도의 한숨이 나왔다.

청주까지 달려야 하기에 화물칸에 누워 있는 곰의 자세를 다시 바로잡고 출발 신호로 운전석 뒤쪽의 칸막이를 두드렸다. 좁은 화물칸에서 곰과 붙어 있으니 특유의 체취가 느껴졌다. 몸 어딘가의 통증으로 식욕마저 없었을 곰이 이제야 좀 편하게 잠들어 있었다. 긴장이 풀리고 곰의 규칙적인 호흡음이 들려오자 엷은 졸음이 몰려왔다. 가늘게 뜬 눈으로 작게 나 있는 차창 밖을 보니 봄날의 파스텔 색조 나무들이 나른하게 지나갔다. 검사 결과 곰이 식욕이 없었던 이유는 치통 때문이었다. 치과 전문 수의사를 섭외해 다음에 함께 방문하기로 했다.

썩고 흔들리는 치아들을 뽑기로 한 건 마침 한여름이었다. 날씨가 더워 야외에서는 진료가 불가능해서 냉장이 되는 5톤 트럭을 임차했다. 고맙게도 서울대 동물병원 치과 교수와 동물치과협회 총무인 수의사가 협진에 참여했다. 곰을 주사로 마취하고 시원한 트럭 안으로 옮겼다. 어떤 치아는 기구를 쓰지 않고 손가락만으로도 발치가 가능할 정도였다. 흔들리는 치아 여러 개를 뽑은 후 송곳니를 꺼내는데 뿌리가 워낙 깊어 시간이 오래 걸렸다. 결국 곰이 앓던 이를 모두 뽑은 뒤 청주로 출발했다. 이동 케이지에 있는 곰도 함께였다.

사실 치과 진료를 하기 얼마 전 수목원 관계자가 연락을 해왔다. 그는 수목원이 조만간 다른 지역으로 옮겨가는데 곰을 데려갈 수는 없는 상황이라 우리 동물원에서 맡아줄 수 있는지 어렵게 말을 꺼냈다. 청주동물원 곰사도 여러 마리가 겨우 같이 쓰고 있는 공간이라 여유가 없었다. 지금 있는 곰들의 사정만 생각한다면 거절하는 게 맞았다.

하지만 나이 든 곰이 가면 또 어딜 간단 말인가? 우리 동물원 곰사에는 4년 전 사육 농장에서 불법 번식되어 환경부에서 압수해 데려온 새끼 곰 킹이와 콩이가 있다. 전라남도 구례군에는 얼마 전 국내 최초로 공영 사육곰 생츄어리가 생겼다. 젊은 곰 킹이와 콩이가 그곳으로 가게 되면 그 공간을 수목원 곰이 쓰면 되겠다 싶어 데려가기로 한 것이다.

수목원 곰이 오고 며칠이 지나 동물복지사가 살구를 따다가 곰사에 넣어줬다. 발치 후 여전히 식욕이 없던 곰은 살구 냄새에 입맛이 돌았는지 바닥에 있는 수십 개의 살구를 게 눈 감추듯 주워 먹었다. 잡식으로 알려졌지만 반달가슴곰은 주로 도토리 등 채식 위주로 식사를 한다. 언젠가 지리산에 갔을 때, 그해 도토리 결실량을 측정하는 깔때기 모양의 무명천을 본 적이 있다. 도토리 양에 따라 반달가슴곰들이 겨울을 잘 날 수 있는지를 가늠해볼 수 있다고 했다.

사육곰 농장을 모니터링하러 다닐 때 곰 관련 업무를 오래 해온 관할 환경청 관계자가 이런 이야기를 들려줬다. 예전에 사육곰 농장에서는 사람이 먹고 남긴 음식 찌꺼기를 얻어다 곰에게 먹이로 줬다. 어느 날은 음식 찌꺼기가 철창 밖에 떨

거점동물원 수의사로서

되도록 많은 동물의 진료를 경험하려고 한다.

동물을 위한 일이라지만

사실은 나 자신을 위한 일이다.

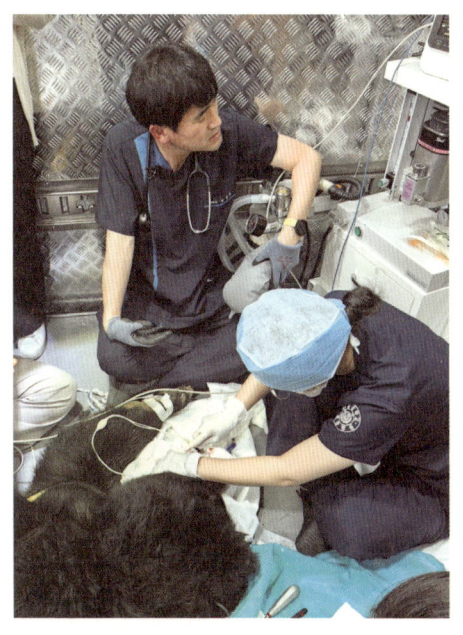

어졌는데 어쩌다 보니 그 안에 도토리묵이 섞여 있었다. 곰한 마리가 창살 틈으로 발을 넣어 도토리묵을 잡아보려고 했는데 묵이 자꾸 으스러져 가져갈 수 없었더란다. 참 애달픈이야기였다. 뜬장 케이지에 갇혀 있던 그 사육곰도 야생의 곰들처럼 도토리를 좋아하는데 말이다.

...

도토리묵 이야기를 들려줬던 환경청 관계자가 연락을 해왔다. 진천군의 식당 앞에 사육곰이 살고 있는데 며칠째 웅크리고 앉아 밥도 안 먹는다며 진료를 부탁했다. 식당 사장님을만나 곰에 대해 들었다. 20년 전 식당 손님들의 구경거리로데려온 곰인데 오래 키우다 보니 정이 들었고, 아프다고 하니마음이 안 좋다고 하셨다.

　시커먼 곰은 모르는 사람의 인기척에도 웅크리고만 있었다. 동물원과 식당은 차로 20분, 멀지 않은 거리여서 마취 후동물원에 데려가 여러 검사를 할 계획이었다. 그 정도로 짧은거리는 주사 마취로도 충분히 유지가 될 것 같았다. 그래도만일을 대비해 혈관으로 추가 마취 약물을 투여할 수 있도록 정맥을 잡고 수액을 연결해놨다.

환경청 관계자는 이 곰이 전국의 사육곰들 중에 가장 클 거라고 했다. 그래서인지 마취주사도 여러 번 쏴야 했고, 사육장에서 꺼내 차에 실을 때도 무게가 만만치 않아 애를 먹었다. 곰을 실은 화물칸에 내가 같이 타고 동물원을 향해 출발했다.

그런데 청주 인근부터 갑자기 차가 막히기 시작했다. 차는 가다 서다를 반복했고, 시간은 점점 지체되었다. 마취약의 효과가 줄어들면서 곰이 입을 움직이기 시작했다. 재빨리 정맥라인으로 주사를 하려는데 혈관이 막혀서 약이 들어가지 않았다. 화물칸에는 곰과 나, 단 둘뿐이었다. 곰이 깨어나기라도 하면…. 뛰는 가슴을 진정시키며 주사기로 다시 혈관을 찾았다. 흔들리는 차 안에서 몇 번의 시도 끝에 혈관에 마취주사를 놓을 수 있었고 곰은 곧 다시 잠들었다. 긴장이 풀리자 헛웃음이 나왔다.

동물원에 무사히 도착해 검사를 진행했다. 검사 결과 곰의 병명은 세균성 호흡기 질환이었다. 곰을 다시 식당 앞으로 데려다 놓고 사장님께 처방된 약을 드렸다. 며칠 후 찾아가 보니 곰의 몸 상태가 꽤 좋았다. "이 맛에 진료하지!"라는 말이

입에서 저절로 나왔다.

우리 동물원이 거점동물원이 된 이후 동물원 밖의 여러 동물을 진료했다. 경상북도의 호랑이·여우·카피바라, 강원도의 곰·하이에나·사슴·말, 서울의 바다거북이, 대전과 충청의 사자·호랑이·황새·도마뱀·프레리 도그·미어캣·돼지, 전라남도의 사자·돼지…. 되도록 많은 동물들을 진료하고 싶지만, 전국의 동물들을 청주로 데려오는 데는 한계가 있다. 시간과 비용의 문제도 있지만 무엇보다 동물의 안전이 걱정이다.

지금 준비 중인 진료 트레일러가 다 만들어지면 여기에 휴대용 진료 장비를 싣고 동물들에게 갈 계획이다. 동물들을 위해 하는 일이라고는 하지만 사실은 나를 위한 일이다. 동물이 귀하게 대접받으면 그 동물을 다루는 나의 일도 근사해지니 말이다.

단칸방 같은 공간에서
진행된 수술

모르는 번호였다. 서울에서 청주로 내려가는 차 안이라 핸즈
프리 기능으로 전화를 받아보니 대전에 있는 방송사의 기자
였다. 어느 실내 동물원의 동영상을 보고 자문을 해줄 수 있
느냐고 물었다. 영상만 보고 판단하기는 어려울 거 같아 직접
방문하겠다고 말한 뒤 대전 방향으로 차를 몰았다.

　기자와 만나 동물원 입구로 들어섰다. 연락을 받고 마중 나
온 직원들은 표정이 굳어 있었다. 직원들의 안내로 올라간 건
물 옥상의 단칸방 같은 공간에 사자와 호랑이가 전시되어 있
었다. 야생동물을 실내에 가두고 전시하는 행태에 대한 비난

여론이 있다 보니, 좁은 곳에 있는 동물들 모습이 방송에 나가면 오던 손님도 발길을 끊는다며 동물원 측의 염려가 컸다.

기자와 동물원을 둘러보고 난 후 마주한 대표는 자신도 실내에만 있는 사자나 호랑이에 대한 문제점은 충분히 알고 있다며 3000제곱미터 크기의 뒷산 부지에 실외 방사장을 만들 계획이라고 했다. 동물 관리에 관한 문제도 있었다. 동거 중인 수컷 호랑이의 공격을 받은 암컷 호랑이가 상처를 입은 상태였다. 좁은 공간에서 지내다 보니 스트레스가 높아져 부딪칠 일이 더 많았을 것이다. 공격받는 개체는 피할 도리가 없었다. 사육사들도 그걸 모르지 않았을 것이다. 회사에 고용된 직원으로서 시설을 확장해줄 수 없는 현실을 안타까워한다는 것이 느껴졌다. 당장 할 수 있는 일은 지금 벌어진 동물의 문제를 사육사들과 협력해서 해결하는 것이었다.

단독생활하는 호랑이는 분리사육하는 것이 최선이다. 하지만 그 동물원에는 그럴 수 있는 공간이 없었다. 하는 수 없이 수컷 호랑이의 공격성을 낮추기 위한 방법으로 불임수술을 제안했다. 호랑이와 사자는 열악한 환경에서도 의외로 새끼를 잘 낳는 편이다. 새끼를 낳기는 하지만 키울 환경이 되지 않으면 어미는 새끼를 돌보지 않는다. 또한 동물원에서 사람들이 좋아하는 새끼 맹수의 순치를 위해 일부러 어미에게서 떼어내 사람이 인공 포육하는 경우도 있다. 이렇게 새끼가 없어지면 어미는 곧 발정이 온다. 과거 청주동물원에서는 임신 기간이 105일 정도인 호랑이가 한 해에 세 번이나 새끼를 낳은 적이 있다. 불임수술을 제안한 궁극적인 목적은 이런 호랑이들의 번식을 막아 실내 사육의 대물림을 끝내려는 것이었다.

동물원을 다 돌아보고 밖으로 나와 기자와 이야기를 이어 갔다. 기자는 동물들이 좋은 삶을 살 수 있도록 보탬이 되고 싶다고 했다. 자극적인 일회성 보도가 아니라 지속적인 관심을 이끌어 변화의 계기를 만들어보겠다고 했다.

얼마 후, 우리가 방문한 그 동물원을 다룬 뉴스가 방송됐다. 제목은 '감옥 같은 실내 동물원'이었다. 그날 만난 동물원 사육팀장은 뉴스가 나오자마자 내게 문자메시지를 보냈다. 읽지 않아도 항의성 문자라는 것을 알 수 있었다. 다음 날 방송에서는 동물원 측이 3000제곱미터 규모의 실외 방사장을 만들어 환경을 개선하기로 했다는 내용이 연이어 보도됐다. 기자는 해당 동물원을 비판하긴 했지만 약속대로 대안도 같이 보도했다. 며칠 뒤 사육팀장이 성급하게 항의 문자를 보낸 것에 대해 사과하며, 방송을 본 동물원 대표가 호랑이의 불임 수술을 허락했다는 소식을 전했다.

…

불임수술은 한국동물원수족관수의사회(이하 동수수) 소속 수의사들과 함께 진행했다. 젊지 않은 호랑이를 안전하게 마취하기 위해 서울대 수의대 마취통증의학과 수의사들도 참가했다. 젊은 마취통증의학과 수의사들은 나의 스승들이다.

몇 년 전, 여우를 마취하다 허망하게 하늘로 보낸 적이 있다. 동물원에서는 다양한 동물종을 다루다 보니 개나 고양이만을 대상으로 하는 소동물병원에 비해 세부 진료 과목에 대한 전문성이 깊지 않고 한 종에 대한 경험도 적다. 특히 야생동물은 진료의 시작이 마취인데, 체계적으로 배워서 같은 실수를 반복하고 싶지 않았다.

수의대에서는 외과나 응급의학과에 마취 영역이 포함된 경우가 흔했고, 당시 전국 10개 수의대 중 마취통증의학과가 별도로 설치된 곳은 서울대밖에 없었다. 지인의 소개로 나는 서울대 수의대 마취통증의학과 교수님을 찾아갔고, 학부생들의 실습에 2주간 참여할 기회를 얻었다. 학교 근처에 숙소를 마련하고 실습에 참여했다.

새벽에 나가 밤늦게 돌아오는 바쁜 병원 생활로 온몸이 지쳐 매일 숙면에 들었다. 오랜만에 느껴보는 기분 좋은 피로감이었다. "배워서 남 주어라"라는 마취통증의학과 교수님의 넉넉한 배려와, 동물 환자들에게 최선을 다하는 전공 수의사들의 모습은 나를 감동시켰다. 어느 날은 통증이 극심하다는 흉골절개술을 받은 고양이가 수술 후 입원장 안에서 편안한 표정으로 츄르를 먹는 것을 보고, 아픈 동물들에게는 적극적인 통증 관리가 필요하다는 것을 절감했다.

동물원 소속 수의사들이 호랑이 불임수술을 실시하는 동안 마취통증의학과 수의사들이 마취 모니터링을 담당했다. 국내 최초로 호랑이 심혈관 모니터링이 이루어지고 있었다. 이렇게 하나씩 정립된 의료 지식은 수의사들에게 전해져 더 많은 호랑이가 치료받을 기회를 얻게 될 것이다. 불임수술은 순조롭게 끝났다.

곧이어 백사자 수컷에게 심상치 않은 문제가 있음을 발견했다. 발바닥을 핥는 백사자 입가에 피가 묻어 있었다. 문제를 빨리 파악해 해결해주고 싶었으나 마침 백사자의 격리 칸

제대로 관리되지 않는

동물원의 동물들은

방치된 고통 속에서 지내는 경우가 많다.

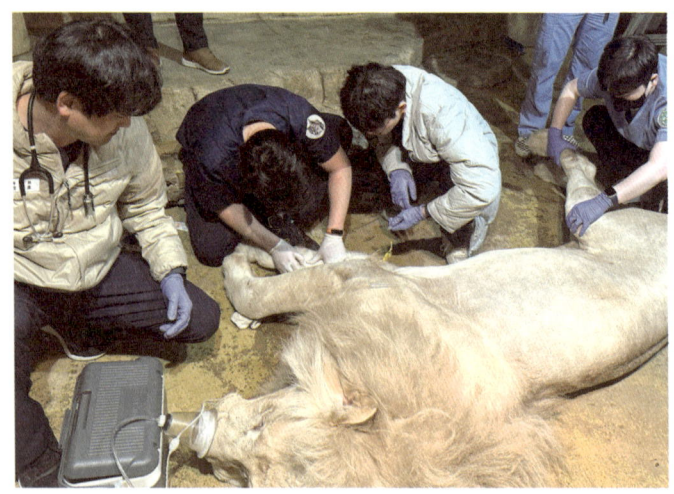

문이 고장 나 있었다. 자칫 잘못하면 백사자가 밖으로 나오거나 사람이 사자 우리에 갇혀버리는 상황으로 연결될 수도 있었다. 안전상의 우려로 일주일 후 다시 방문했다. 백사자를 마취한 후 발바닥을 살펴보니 발톱이 웃자라 발바닥을 찌르고 있었다. 움직일 공간이 부족한 실내 동물원의 사자들이 자주 겪는 문제였다. 걸을 때마다 깊이 박히는 발톱 때문에 그동안 백사자는 얼마나 고통스러웠을까?

야생동물, 특히 맹수들은 자신의 아픔을 쉽게 드러내려 하지 않는다. 그 본능을 알기에 더욱 마음이 쓰였다. 발바닥 서너 군데에 박힌 갈고리 모양의 발톱을 원형톱으로 잘라내고 뽑았다. 발바닥에서 피고름이 났지만, 경험상 약만 잘 먹으면 곧 나을 상처였다. 자연에서 스스로 살아가야 하는 야생동물인지라 적절한 치료를 받으면 외상은 비교적 잘 아문다.

...

사자 바람이를 김해의 실내 동물원에서 데려온 뒤 그 동물원은 문을 닫았고, 얼마 후 거기 살던 백호와 흑표가 폐사했다는 소식이 들려왔다. 바람이를 데려온 후 그곳 동물들에게 왠지 모를 부채감을 느껴 서너 차례 김해로 내려가 동물들을 진료했었다. 당시 그곳에는 백호가 두 마리 있었는데, 그중 심장초음파 검사를 진행한 개체의 심근에 문제가 있었다. 같은 사육 조건에 있던 혈연인 수컷 백호의 폐사 원인도 심근 문제였을 것으로 추측한다.

실내 동물원의 또 다른 동물인 알파카는 몇 년째 털 정리가 되지 않아 갑옷같이 단단해진 털 뭉치 속에서 숨을 헐떡이고 있었다. 얼마나 단단히 뭉쳐졌는지 제모기 날이 들어가지 않았다. 어쩔 수 없이 가위로 털을 깎기 시작했는데, 피부가 잘 늘어나 가윗날에 자꾸 상처를 입는 걸 보니 안쓰러웠다.

2024년 말 기준, 국내 110개 동물원 중 20퍼센트 정도만이 공영이고 나머지는 사설이다. 공영은 지자체나 공기업에서 운영하고, 사설은 대부분 개인 소유다. 말 못 하는 동물들이 직접 자신들을 대변할 리는 없으니 동물원을 소유하고 운영하는 사람의 생각에 따라 그들의 삶이 좌우된다. 특히 개인 소유의 동물원의 경우 처음에는 동물이 좋아서 시작하지만, 동물원을 운영하다 보면 동물이 사업을 유지하기 위한 수단으로 전락되기 쉽다. 동물 체험 프로그램이 가장 대표적이다. 사람에게 길든 동물이라고 해도 제한 없이 수많은 사람이 계속 만지다 보면 해당 동물은 스트레스로 아프거나 오래 살지 못할 것이다. 공영 동물원은 관계 기관이나 지방자치단체에서 예산을 받아 운영하기에 체험 프로그램이 거의 없긴 하지만, 담당자의 순환보직이 잦아 전문성 부족 등의 허점이 생길 수 있다.

국내에 처음 동물원이 생긴 게 1909년이다. 그후 100년이 넘은 2017년에야 동물원수족관법이 만들어졌다. 당시에는 누구나 등록만 하면 동물원을 운영할 수 있다는 내용이 포함돼 있었다. 마침내 2022년 동물원수족관법의 전면 개정으로 동물을 위한 요건을 갖춰야 동물원을 운영할 수 있는 허가제로 바뀌었다.

요즘 여러 동물원에서 폐업한다며 키우던 동물을 데려가 달라는 연락을 종종 한다. 동물을 위해 환경을 개선하는 대신 동물을 포기하는 것이다. 전국의 동물원에는 수만 마리의 동물이 살고 있다. 지금 그 동물들을 위해 할 수 있는 일이 무엇일까 생각해본다. 방치된 고통을 줄여주는 일, 동물이 살아 있는 동안 덜 불편하게 하는 일이 지금 내가 할 수 있는 일이다. 내게 동물을 살펴봐달라는 연락이 오면 마다하지 않고 가는 이유다.

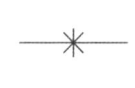

사람에게 불친절한
동물원을 만들기로 했다

현장 실사를 나온 환경부 담당 사무관이 동물원을 둘러보았다. 작은 욕조 같은 수달사, 모든 면이 시멘트인 곰사, 몇 걸음 걸어가면 끝인 호랑이사…. 그나마 내세울 장점이라면 지붕이 없어 사육장 크기의 하늘을 올려다볼 수 있다는 것 정도였다.

서식지외보전기관 선정을 위한 실사였다. 서식지외보전기관이란 야생생물의 원래 서식지 밖에서 그 종을 보전·증식·연구하기 위해 지정된 동물원 등의 기관을 말한다. 즉 자연 상태에서 생존이 어려운 종을 보호하고, 장기적으로는 서식지 복원을 목표로 한다. 실사를 마친 사무관은 이런 시설에 서식지외보전기관이라는 이름을 붙여주기는 어렵다는 표정이었다. 이름을 주면 그에 걸맞은 내용을 반드시 채우겠다고 호언장담했다. 사무관은 생각에 잠긴 듯했다.

사무관의 큰 그림이었는지 간절함으로 흔들리는 내 눈빛이 다소 영향을 주었는지 알 수 없지만, 2014년 청주동물원은 서울대공원과 에버랜드 다음으로 환경부 서식지외보전기관에 지정됐다. 그 명분으로 국내 멸종위기종의 번식 생리 연구를 시작했다. 연구와 더불어, 그냥 두면 사라질 멸종위기종에 대해서 사람들에게 알리고 야생동물을 인간이 아닌 동물들의 관점에서 한 번쯤 생각해보게 하는 것, 야생동물과 그들의 서식지 보호를 위해 무엇을 해야 할지 함께 고민해나가기 위한 교육적 기능도 동물원의 주요 목표가 되었다.

종 보전은 동물의 개체수를 늘리는 것뿐 아니라 종의 서식지가 자연으로 확장될 때 진정한 의미를 갖는다. 그러나 알고 보면 종 보전 활동이라는 것이 전시할 동물을 생산해서 체험을 통해 호기심을 충족하는 것에 그칠 때가 많았다. 동물원이 동물을 위한 공간으로 오롯이 존재할 수 있을까. 이런 고민이 깊어질 때쯤 왕민철 감독을 만났고, 서식지외보전기관 지정

후 4년간의 기록을 담은 동물원 다큐멘터리를 촬영하게 되었다. 그 영화가 바로 〈동물, 원〉이다.

물고기 먹는 법부터 하나하나 배워가는 아기 물범 초롱이, 청주동물원에서 태어나고 자란 터줏대감 표범 직지, 생의 마지막 길목에 있는 것이 분명해 보이는 호랑이 박람이, 야생의 세계로 나갈 준비 절차를 밟고 있는 독수리 청주, 사람에게 길러져서 사람만 찾는 앵무새 체리….

〈동물, 원〉은 울타리 뒤 보이지 않는 세상에서 '반半야생'으로 살아갈 수밖에 없는 동물원의 야생동물들과 그들을 돌보는 사람들의 잔잔한 일상을 담아낸 영화다. 동물원이 진귀한 볼거리가 즐비한 공간이라거나 갇혀 있는 동물의 슬프고 안타까운 풍경을 보여주는 '특별한 공간'이 아니라 동물사 청소부터 시작해 번식, 사육, 진료, 수술, 방사에 이르기까지 인간과 동물이 함께 살아가는 데 필요한 반복되는 일상이 이어지는 공간이라는 점을 담담하게 전했다.

영화에 담아낼 만큼 청주동물원이 서사를 지니게 되고, 동물을 위한 방향성을 적극적으로 고민하고 실행하게 된 데에는 서식지외보전기관으로 지정된 영향이 컸다. 매년 서식지외보전기관 지정을 마음으로만 기념하다가, 10주년을 맞아 그 당시 사무관의 전화번호를 수소문해 고맙다는 메시지를 보냈다. 그는 10년이나 지나 좀 놀랐다면서도 연락해줘서 고맙다고 했다.

…

동물원의 시작은 제국주의시대에 특권층이 이국의 희귀한 야생동물을 전리품처럼 수집해 구경거리로 삼으면서부터였다. 소수를 위한 전시장이었던 공간이 일반 시민에게 공개되면서 동물원이 되었다. 세월을 거치면서 동물은 구경거리가 아닌 살아 있는 생명으로 인식되었고 야생동물을 가둬두고 전시하는 동물원은 비판의 대상이 되었다.

오늘날에는 동물도 쾌감과 고통을 알고 능동적으로 대처하며 주변 환경의 미묘한 변화를 본능적으로 느끼고 반응하는 감응력 있는 존재로 인식된다. 유인원, 코끼리, 돌고래 등 고등 포유류뿐 아니라 우리가 지능이 낮다고 여겼던 물고기 중에서도 거울에 비친 모습이 자신인 걸 아는, 자의식을 가진 종들이 발견된다고 한다. 한마디로 우리는 그동안 그들을 잘 몰랐던 것이다.

2024년 5월 10일, 청주동물원은 국내 첫 거점동물원이 됐다. 부족한 것투성이였던 10년 전과는 상황이 다르다. 동물들이 그나마 살 만한 공간이 되었고, 그런 동물을 돌보는 인력이 전문화되었다. 또 동물을 위한 의료시설과 장비를 갖추어 우리 동물원의 동물뿐 아니라 상주 수의사가 없는 전국의 관련 시설 동물들의 구조와 치료도 담당하고 있다. 2018년 웅담 채취용 사육곰을 시작으로 전국 야생동물구조센터의 영구 장애 동물, 사설 동물원에서 살던 갈 곳 없는 야생동물들의 보호소가 되고자 했고, 야생에서 살아갈 수 있는 토종동물들은 재활 후 방사 훈련을 거쳐 자연으로 복귀할 수 있도록 시도하고 있다. 이러한 과정은 영화 〈생츄어리〉의 소재가 되었다.

〈생츄어리〉는 청주동물원을 생츄어리(착취당한 동물이나 상처 입은 동물 등을 구조해 보호하는 시설)로 바꾸고 싶어 하는 이들의 이야기다. 전국의 야생동물구조센터에서는 수많은 야생동물이 구조되고 치료되지만 간혹 영구적인 장애를 갖게 되기도 한다. 이런 개체들을 야생으로 돌려보내는 것은 사실상 고통 속에서 죽게 하는 것이기에 그럴 때는 인도적 안락사를 시행한다. 하지만 국내에 야생동물 생츄어리가 있다면 야생으로 돌아갈 수 없는 동물들도 편안히 여생을 보낼 기회를 얻을 수 있다. 영화에서는 우리 동물원이 생츄어리 역할을 하며 일부 동물들을 데려오긴 하지만, 야생동물구조센터나 곰 농장에서 죽어야만 하는 대부분의 동물들이 화면을 채운다.

...

언젠가는 동물원이 사라져야 한다고 생각하지만, 당장 없애기는 힘들다. 동물원에서 태어나 적응한 모든 동물을 자연에 풀어주는 것은 방사가 아니라 유기다. 내 마음 편하자고 하는 일에 가깝다. 우연히 동물원 울타리를 나간 동물들이 당황스러워 하는 모습을 보면 알 수 있다. 그보다는 무계획적인 번식을 막고, 남은 동물들을 끝까지 책임지는 것이 동물들에게 더 도움이 된다고 생각한다. 또 외국에서 들여온 동물이 밖으로 나가서 국내 환경에 적응해 잘 살게 된다고 해도 법적으로는 생태교란종으로 분류되므로 제거 대상이 된다. 사람의 과오는 사람이 책임지는 게 맞다.

사자 바람이가 살던 동물원에서는 천연기념물이자 멸종위기종인 독수리가 좁은 새장에 전시되고 있었다. 자연의 일원

<동물, 원>

<생츄어리>

다큐멘터리 〈동물, 원〉과

〈생츄어리〉를 촬영하는 동안

'동물원이 동물을 위한 공간으로 존재할 수 있을까'

라는 질문에 대한 답을 찾고자 했다.

인 독수리가 구조 후 개인의 소유가 된 것이다. 건강을 되찾은 독수리를 가둬놓을 권리가 인간에게 있을까? 독수리는 사체 청소부로서 생태적 지위를 갖는다. 사냥은 하지 않고 동물의 사체만을 먹는 것이다. 독수리의 강한 위산이 사체의 병원균까지 사멸시키는 덕분에 전염병이 퍼지는 것을 막을 수 있다. 독수리를 포함한 야생동물은 생태계에서 각자의 역할을 하는 개별적 존재다. 야생동물과의 공존은 개별적 존재를 인정하고 소유욕을 내려놓을 때 이루어진다.

동물원이 있어야 한다면 사람이 아니라 야생동물에게 필요한 장소가 돼야 한다고 생각한다. 장애가 있거나 노령인 야생동물이 여생을 보내는 곳, 다친 야생동물이 치료를 받고 자연으로 복귀하기 전 적응훈련을 받는 곳, 방문객들이 이러한 야생동물을 경험하고 같이 살아갈 방법을 고민해보는 곳이면 좋겠다.

동물원이 야생동물을 소유하지 않고, 잠시 머무는 존재들의 안식처가 되면 어떨까? 갖지 않기로 하면 더 많은 것을 향유할 수 있다. 학창 시절 교과서에서 본 송순의 시조를 기억한다. "십 년을 경영하여 초가삼간 지어내니/ 나 한 간 달 한간에 청풍 한 간 맡겨두고/ 청산은 들일 데 없으니 둘러두고 보리라." 덕분에 '차경(借景, 빌려온 경치라는 뜻)'이란 멋진 단어를 알게 됐다. 자연은 그저 바라보는 것만으로도 충분하다.

동물원에 음악을
틀지 않는 이유

생텍쥐페리의 소설 《어린 왕자》에 등장하는 여우는 "네가 4시에 온다면 난 아마 3시부터 행복할 거야"라며 기다림을 이야기한다. 동물원에 아침이 오면 동물들의 기다림도 시작된다. 동물들은 동물복지사가 출근하는 시간 전부터 자리를 서성이는데, 오토바이 소리가 저 멀리에서 들려오면 곧 맛있는 먹이를 먹을 수 있다는 것을 학습으로 알고 있기 때문이다.

과거와 달리 요즘은 오토바이보다는 조용한 배터리 카로 먹이를 운반하다 보니 동물들은 차를 멈추고 좌석에서 내린 동물복지사의 발걸음 소리부터 반응한다. 동물들이 먹이를 기다리며 즐거운 상상을 하는 시간이 조금은 짧아졌다. 그래도 산 중턱에 있는 동물원이라 경사가 있는 몇몇 동물사에는 여전히 오토바이를 이용해 먹이를 날라서, 그 소리에 반응하는 동물들의 놀라운 능력을 우연히 목격하고는 한다.

나는 수의사로서 동물들이 밤사이 무사한지 돌아보는 것으로 하루를 시작하는데, 가끔은 동물복지사보다 먼저 동물들을 만나는 경우가 있다. 갑자기 사자들이 분주해지더니 몇 분후 동물복지사가 오토바이를 타고 나타나는 것이 아닌가. 사자들의 청각 능력은 인간인 나를 훨씬 능가한다. 동물별로 각기 다른 청각 능력을 오토바이 소리를 이용해 측정해보는 것도 재밌을 것 같다.

동물들과 오랜 시간을 함께 지내다 보니 그들이 소리의 크기뿐 아니라 음역에 따라 다르게 반응한다는 것도 알게 되었다. 오래전에 색소폰에 빠진 동물원 고참 동물복지사가 늑대사 근처에서 악기 연습을 하곤 했는데, 늑대들이 테너 색소폰에는 가만히 있다가 알토 색소폰만 불면 하울링을 시작했던 것이다. 또한 공작은 차량의 엔진 소리에 유독 오래 울어댔는데, 이유가 궁금했지만 끝내 알아내진 못했다.

생물음향학은 살아 있는 생명체가 내는 소리를 분석해 생태 연구에 활용하는 학문이다. 1971년 미국의 해양생물학자 로저 페인은 혹등고래가 내는 소리를 녹음해 앨범으로 발표했다. 이 앨범은 빌보드 200 차트에도 진입할 정도로 화제를 불러일으켰다. 미국과 소련의 냉전시대, 미 해군은 소련의 잠수함을 감시하기 위해 엄청난 양의 해양 소음을 녹음했는데, 그 속에서는 알 수 없는 초저주파 영역의 잡음들이 자주 들렸다. 로저 페인은 이 잡음들이 광활한 바다에서 고래들이 서로 대화하는 소리라고 확신했다.

그 후 다른 과학자들에 의해 고래의 소리가 바다를 가로질러 수천 킬로미터 떨어져 있는 다른 고래에게까지 전달된다는 사실이 밝혀졌다. 다만 그것이 무엇을 뜻하는지는 명확히 밝히지 못했다. 사회적 행동을 하는 고래들이 전하는 내용이니 이곳에 크릴새우가 많으니까 먹으러 오라고 친구들에게 권하는 소리였으면 좋겠지만, 포경이 성행한 시절이기도 했으므로 위험을 알리는 소리였을 가능성도 크다.

…

봄, 동물원의 숲은 새소리로 가득하다. 누구에게 들려주기 위해 저리 애를 쓸까? 새는 귀가 없다. 정확하게 말하면, 겉으로 보이는 귓바퀴가 없는 것이다. 올빼미들의 건강검진을 위해 머리에 난 깃털들을 뒤적이다 보면 양쪽 귓구멍이 나타난다. 왼쪽이 오른쪽보다 높이 있는데, 올빼미는 비대칭인 양쪽 귀로 깊은 밤 풀숲을 지나가는 쥐의 소리를 입체적으로 분석해 정확한 위치에서 쥐를 움켜쥘 수 있다. 이때 올빼미의 비행 깃털에서는 거의 소리가 나지 않는데, 사냥감이 움직이는 소리를 더욱 선명하게 듣기 위해 깃털이 부드럽고 끝이 톱니 모양으로 되어 있어서다. 또 접시처럼 생긴 올빼미의 얼굴은 앞쪽에서 나는 소리를 전파안테나처럼 모아서 양쪽 귓구멍으로 전달해주는 역할을 한다.

산 중턱에 자리 잡은 청주동물원에는 오색딱따구리와 쇠딱따구리가 산다. 딱따구리가 나무 찍는 소리를 드러밍druming이라고 한다. 아직은 이른 봄, 잎이 없는 나무들 사이로 작은 몸의 쇠딱따구리가 드러밍을 하고 있다. 마치 전기재봉틀 바늘이 움직이는 것처럼 빠른 속도다. 논문을 찾아보니, 쇠딱따구리는 1초에 평균 33회 드러밍을 한단다. 3월에 쇠딱따구리가 하는 드러밍은 암컷을 향한 번식기 수컷의 구애이자 자신의 영역표시라고 한다. 이 시기에 사람이 도구를 이용해 나무

봄이 되면 동물원 안팎에 사는

야생동물들이 내는 소리가

동물원에 활기를 더해준다.

를 두드리면 더 센 수컷이 소리를 내는 것으로 오해해 딱따구리를 괜한 긴장 상태로 만든다는 이야기도 있다.

숲의 소리를 녹음하는 과학자들을 신문에서 본 적이 있다. 숲에는 여러 가지 소리가 있다. 동물들의 울음소리, 나무를 지나가는 바람 소리, 잎에 떨어지는 빗물 소리, 곤충들이 움직이는 소리… 그 외에도 수많은 소리가 있다. 그중에서 사람은 20~2만 헤르츠 안에 있는 가청주파수의 소리만 들을 수 있을 뿐이다. 박쥐의 초고주파나 고래의 초저주파는 기계로 분석하지 않으면 우리가 알 수 없다. 사실 대부분의 생태계 소리는 우리가 들을 수 없다. 하지만 그 소리의 주인공들은 오랜 시간 서로를 의지하고 또 경쟁하며 살아왔다. 그러므로 건강한 숲의 소리는 다양한 생물의 건재와 지속 가능함을 보장한다.

...

예전에 동물원에서는 유원지다운 활기찬 분위기를 위해 음악방송을 틀었다. 하지만 몇 년 전부터 원내 스피커는 아이를 찾는 안내 방송 이외에는 아무 소리도 내지 않는다. 대신 봄이 되면 광주기(낮 동안 생물이 활동하면서 빛에 노출되는 시간)가 길어지면서 번식기 호르몬의 영향으로 두루미와 고니의 고음이 자주 들린다. 주변 산새들도 겨우내 포식자에게 노출될 위험에 숨죽여 지냈지만, 이제는 아랑곳하지 않고 짝을 찾아 목청껏 운다. 동물들의 소리로 가득한 동물원의 봄은 다시 경쾌하다.

사라지지 않을
권리

포유류 방사 훈련장을 지나자 산양 하이가 뛰어온다. 요즘 잘 보이지 않아 자연 방사 훈련에 잘 적응하고 있다고 생각했는데, 인기척에 반가워하는 것을 보니 이 녀석 아직 멀었다 싶다. 설악산으로 언제 돌아갈 수 있을지 의문이다.

어미가 죽은 후 길을 잃고 헤매던 하이는 강원도 철원 지역에서 발견되었다. 당시에는 탈수로 기력이 떨어진 상태였고 외부 기생충 감염도 심했다고 한다. 구조된 후에는 경상북도 영양군에 있는 국립생태원 멸종위기종복원센터(이하 멸종센터)로 옮겨져 사람들 손에 자랐다. 사람에 익숙한 하이가 서식지로 돌아가기 위해서는 시간이 더 필요하다고 판단되어 우리 동물원으로 오게 됐다.

　방사 훈련장은 하이처럼 구조된 야생 포유류를 자연에 돌려보내기 위해 환경부 생물자원보전사업의 일환으로 설치되었다. 방사 훈련은 야생으로 돌아가기 위한 야생 적응 훈련으로, 스스로 먹이를 찾고 위험을 피하는 훈련이다. 특히 야생에서의 독립을 위해서는 그동안 의존해왔던 사람이라는 존재를, 이전과는 반대로 회피의 대상으로 여기게 하는 것이 중요하다.

　훈련장은 동물들이 아래를 내려다볼 수 있도록 동물원 정상의 경사면에 위치해 있고 주변에 대나무 숲이 울창해서 야생동물들이 숨어 지내기에 적당하다. 산양 하이는 방사 훈련장에 있는 동안에도 사람이 지나가면 따라다녔고, 사람의 모습이 울타리의 끝으로 사라질 때까지 바라보곤 했다. 그런 하이가 내심 안쓰러웠다. 만약 사람 대신 자신과 비슷한 동물을 자주 본다면 관심이 동종으로 옮겨가지 않을까 기대하면서 동물원의 유일한 흰 염소 바이를 데려다가 같이 살게 했다.

　20여 년 전 동물원에는 동물 농장이 있었고, 그곳에는 자넨 염소로 구분되는 흰 염소들이 살았다. 흰 암염소들은 가축답게 연중 새끼를 낳았다. 개체수가 금방 불어 관리상의 문제가 생기자 염소들은 나이 든 순으로 팔려나갔다. 가축인 염소가 팔린 곳이 어디일지는 충분히 예상할 수 있었다. 이게 동물원에서 할 일인가, 자괴감이 들었다.

나에게는 염소를 팔지 못하게 할 권한이 없었지만 개체수가 더 늘어나지 않게 할 수는 있었다. 그 뒤 동물원 동물을 중성화하기 시작했고, 동물원도 더 이상 동물 매각 공고를 낼 일이 없어졌다. 새끼가 태어나지 않자 개체수가 적정하게 유지되어 각 동물이 좀 더 편안한 환경에서 살아갈 수 있었다.

세월이 흘러 흰 염소들은 하나둘 수명을 다했고, 할머니 염소인 바이만 남았다. 바이가 홀로 남게 되자, 효율적인 사육 관리를 위해 흑염소들과 합류시켰다. 그러나 흰 염소인 바이는 흑염소들과 어울리지 못하고 늘 따로 있었다. 그런 바이를 다시 방사 훈련장으로 옮겨와 산양 하이와 살게 한 것이었다. 다행히도 둘은 같이 있는 모습이 자주 목격되었다. 하이의 모습은 마치 할머니를 따르는 손녀 같았다.

얼마 전 멸종센터에서 산양 등의 멸종위기종 서식지 보전을 위해 의미 있는 제안을 해왔다. 농촌 지역에서는 야생동물에 의한 농작물 피해를 막기 위해 바다에서 고기를 잡는 그물인 해태망을 밭 둘레에 치는 경우가 많다고 한다. 문제는 쳐놓은 해태망이 산양이나 고라니 같은 초식동물을 막기만 하는 것이 아니라 그 자리에서 죽게 만든다는 점이었다. 그물코에 걸린 동물이 다리를 빼려고 힘을 주면 관절이 구부러져 오히려 빠져나오지 못한다는 것이다. 이런 상황이 알려진다고 하더라도 농가에서는 농작물 피해를 막는 것이 우선이기에 저렴한 가격에 설치까지 쉬운 해태망은 계속 사용될 것이다. 지속 가능한 해결책이 되려면 피해를 입는 농민과 배고픈 야생동물이 모두 고려되어야 한다.

멸종센터는 해태망을 금지하는 대신, 해태망과 모양이 유사하지만 초식동물이 걸려도 빠져나올 수 있는 망을 고안했다. 농가에서 사용하기 전에 실제로 동물이 망에서 빠져나올 수 있는지 실험해볼 곳이 필요했다. 동족인 산양들의 안녕을 위해 하이가 할 일이 생겼다.

멸종센터 연구팀은 하이가 사는 방사 훈련장에 새로 개발한 그물을 치고 감시 카메라를 단 후에 근처 숙소에서 하이의 행동을 원격으로 모니터링하며 2주 동안 밤샘 작업을 이어갔다. 인공 구조물에 경계심이 덜한 하이의 성향 덕분에 연구는 순조롭게 진행되었다. 어쩌면 하이는 자연으로 돌아갈 수 없을지도 모른다. 하지만 하이가 우리에게 온 이유는 이미 충분했다.

...

미국 옐로스톤 국립공원의 늑대 이야기는 동물 한 종이 멸종되면 생태계가 얼마나 빠르게 훼손되는지를 알려준다. 목축으로 생계를 유지하던 사람들이 양을 잡아가는 늑대를 총으로 몰살했을 때의 일이다. 늑대가 사라지자 늑대들의 먹이였던 사슴이 급증했고, 이로 인해 산림이 파괴되어 다른 야생동물도 함께 사라졌다. 미국 정부는 이 문제를 해결하기 위해 캐나다에서 늑대 한 무리를 공수해왔다. 이후 산림이 파괴되던 역순으로 생태계가 복원됐다.

농민들이 해태망을 치게 된 원인도 옐로스톤의 늑대 이야기와 유사하다. 초식동물이 농작물에 피해를 주는 것은 사람들이 동물들의 서식지에 너무 근접한 탓이기도 하지만, 초식동물의 수를 조절하는 상위 포식자들을 해수구제(사람에게 피해를 주는 유해동물을 없애는 일)의 명분으로 사냥했기 때문이기도 하다. 물리적인 방법을 쓰면 문제를 빨리 해결하는 것 같

사람을 너무 좋아해

야생으로 돌아가기 어려운 산양 하이도,

늙은 염소 바이도

저마다의 하루를 보낸다.

지만, 시간이 지나면 또 다른 문제가 야기된다. 우리는 과오를 통해 반성하고 거기에서 교훈을 얻어야 한다. 생태적인 문제에는 생태적인 해결책을 써야 한다. 그래야 비록 속도는 느리더라도 부작용이 생기지 않는다.

과거에 대표적인 해수로 여겨지던 아무르 표범은 20세기 초까지만 해도 한반도에 흔히 서식했다. 그러나 일제강점기 대대적인 해수구제 사업으로 천여 마리가 포획되었고, 6·25전쟁을 거치면서 서식지가 파괴되어 개체수가 급격히 줄었다. 1962년 경상남도 합천군 오도산에서 올무에 걸려 포획된 것을 마지막으로 국내에서 발견되지 않는다. 오도산 표범은 서울대공원의 전신인 창경원에서 전시되다가 생을 마감했다.

현재 아무르 표범은 북한, 중국, 러시아의 접경지대에 극소수가 살고 있으며, 유전적 다양성이 줄어들어 열성 유전자가 발현된다고 한다. 동물원들이 보유하고 있는 아무르 표범들이 이런 문제를 해결하는 하나의 대안이 되고 있다. 작년에는 멸종센터의 주선으로 유럽 멸종위기종 복원 프로그램EEP 관계자들이 청주동물원을 방문해 아무르 표범 보전을 위한 프로그램 참여를 제안했다. 그동안 국내 표범이 사라져간 역사에 왠지 모를 부채감을 가지고 있어서인지 단순한 제안으로만 들리진 않았다.

　몇 달 후 EEP로부터 유럽 동물원의 아무르 표범을 우리 동물원으로 보낼 수 있다는 연락이 왔다. 고민이 된 이유는 멸종위기종 보전이라고는 하지만 결국 희귀 동물 전시 아닌가 하는 생각을 떨쳐낼 수 없어서였다. 국내 동물원 중 멸종위기종 보전을 내세우지 않는 곳이 거의 없을 정도다. 그러나 자세히 들여다보면 전시를 위한 동물 생산에 그치는 경우도 많다. 좁고 열악한 동물원 시설에서 행해지는 계획 없는 번식은 오히려 동물복지를 훼손한다.

　고려해야 할 사안이 많지만, 과거 해수구제를 통해 아무르 표범의 멸종 원인을 제공한 우리도 이제 여유가 생겼으니 어떤 식으로든 멸종위기종 보전에 관심과 책임을 가져야 한다고 생각한다. 단지 야생동물만을 위해서가 아니다. 야생종이 단계적으로 멸종하는 걸 보면서 얼마 안 가 인류도 그리되지 않을까 싶어서다.

...

동물원을 한 바퀴 돌다가 물새장 앞 방문객들의 이야기를 들었다. 간혹 방문객이 새에 대해 궁금해 하는 것 같으면 눈치 껏 대화에 끼어들어 설명을 해드리고는 한다. 오늘 대화의 주제는 물새장 안에 버젓이 들어가 있는 까치였다. 세월의 무게로 물새장 철망의 이어진 부분이 성기면서 까치들이 그곳을 통해 물새장으로 들어갔다가 갇히고 말았다. 날 수 있는 공간이 충분하고 제때 먹이까지 제공되니 한번 들어간 까치는 굳이 나갈 생각이 없어 보였다.

한 방문객이 약간 불만이 담긴 말투로 물었다. "까치는 물새장에 있으면 안 될 거 같은데. 잡아내야 되지 않아요? 귀한 새도 아니고." 나는 이렇게 답했다. "까치는 충청북도의 도조이고, 또 청주시의 시조입니다. 게다가 까치가 생태계에서 필요한 역할을 하고 있으니 잘 모셔야 하거든요." 그러자 방문객의 얼굴에 웃음이 달렸다. "아, 그래요? 처음 알았네요."

까치는 설날의 반가운 손님을 먼저 알려주는 고마운 새로 서울시를 포함해 여러 지자체의 상징이 되었다. 그러나 농작물이나 전력 시설을 망가뜨리는 등 사람에게 피해를 입히자

2000년도에 유해조수로 지정되었다.

숲으로 둘러싸인 물새장 앞에 서 있으면 다른 동물사에 있을 때보다 마음이 편하다. 청주동물원의 물새장은 날아다니는 새들을 멀리 전망대에서 볼 수 있게 해놓았다. 과거에는 물새장 안에 관람로가 있어서 방문객들이 들어가 가까이에서 새들을 볼 수 있었다. 그러나 정작 새들이 수줍음 많아 사람들이 들어오면 도망쳐 숨기 바빴기에 오히려 새를 볼 수 없는 곳이었다. 장난기 많은 꼬마들이 새들의 교감신경을 수시로 자극해 새들의 수명은 그리 길지 않았다. 어느 날은 물새장에 들어간 까치를 제거하기 위해 포수가 쏜 산탄에 애먼 새가 맞기도 했다. 인간의 관점에서 까치는 유익한 점이 없는 걸까? 자료를 찾아보니 까치는 잡식성으로 사체와 해충을 먹어 치워 위생을 유지하고 식물 종자를 확산시켜 생태계의 균형을 유지하는 역할을 한단다. 우리는 늘 한쪽만 보고 성급하게 판단을 내린다.

초식동물은 식물을 뜯어 먹고 표범은 초식동물을 사냥해 개체수를 조절하여 숲의 균형을 지킨다. 독수리는 죽은 동물을 쪼아 삼킨 후 강한 위산으로 병원균을 사멸시켜 전염병 확산을 막는다. 유해조수인 까치도 식물 종자를 퍼뜨리는 등 생태계에서 필요한 역할을 한다. 어느 동물이든 사람에게 이로운 면도 있고 해로운 면도 있다. 야생동물은 사람을 위해 태어난 것이 아니기 때문이다. 인간이 생태계에 개입하지 않는다면, 야생동식물은 자연스럽게 균형을 유지하며 살아갈 것이다. 과거의 잘못을 반성하고 그런 일이 반복되지 않도록 노력하는 것이 인간이 해야 할 일 아닐까.

물새장에 토종 새만 남으면(지금도 토종 멸종위기종이 대부분이다) 낡은 철망을 고치는 대신 아예 걷어버리면 어떨까 싶다. 날아간다고 잡지 않고, 머무른다고 쫓지 않는 공간이 되는 것이다. 새들이 스스로 판단해 살 만하다면 머무르지 않을까?

3

---✳︎---

동물을 살리는 일,
사람을 살게 하는 일

저 독수리는
왜 몽골에 안 갔어요?

한때 유행한 '허무 개그' 중 이런 게 있다. 아기 낙타가 특이한 외모 때문에 친구들에게 놀림을 당하자 엄마 낙타가 그 생김새의 이유를 설명해주는 이야기다. "우리 등은 왜 이렇게 생겼어?" "그건 우리가 사막에서 생존하기 위해서지. 다른 동물은 갖지 못한 자랑거리야." 환한 얼굴로 돌아섰던 아기 낙타는 이번엔 "발이 왜 이렇게 생겼어?"라고 묻는다. "그건 모래 사막을 건너기 위해서지."

고개를 끄덕이며 친구들에게 갔던 아기 낙타는 이내 다시 달려와 묻는다. "그럼 눈썹은 왜 이렇게 길어?" 엄마 낙타는

"덕분에 모래바람이 눈에 들어가지 않잖아"라며 다독인다. 그 말을 듣고 한참을 생각에 빠졌던 아기 낙타는 마지막으로 한마디 한다. "그럼 왜 우린 동물원에 있어?" 동물권과는 상관없이 만들어진 과거의 이야기지만, 요즘 부각되는 동물원에 대한 문제의식과 잘 들어맞는다.

동물원 수의사가 된 지 5년쯤 지나자 출근하는 일이 괴로워졌다. 수년째 동물원 동물들을 진료하고 있었지만, 그간 결과가 안 좋을 때가 많았다. 100종이 훌쩍 넘는 동물들을 치료하는 일은 고민과 도전의 연속이었다. 책과 자료를 찾아보고 다른 동물원이나 동물병원에 물어봐도 답이 안 나오는 경우가 많았다.

아픔을 피하지 못한 동물들은 내 손을 거쳐 하늘로 갔다. 동물들이 병들고 다치는 원인은 다양했으나, 결국 끝은 치료의 실패였다. 동물원에서 가장 불편한 결재 사항인 동물 폐사 보고는 자연스럽게 내 차지가 됐다. 내가 나타나면 상사들의 표정이 어두워졌고, 그와 비례해 수의사로서 내 자존감은 점점 낮아졌다. 시간이 갈수록 내 몸 안에 부정적인 에너지가 쌓여갔다.

나의 많은 단점 사이에서 그나마 장점을 하나 찾는다면, 일어난 상황에 대한 빠른 인정이다. 동물원을 그만둘 게 아니라면, 부정적인 에너지도 자원이 될 수 있다고 생각하게 됐다. 기분 전환을 위해 동물원을 한 바퀴 돌다 보면 곳곳에서 밝게 웃는 아이들이 보였다. 그 후 4년간 어린이 동물 교실을 운영했다.

어느 날, 동물 교실을 혼자서 진행하기가 버거워 한 직원에게 도움을 요청했다. 동물원에서 일하면서도 동물에 관한 일에는 전혀 관심이 없던 그가 무척 친절하게 아이들을 대하는 모습을 보면서, 업무 분장이 잘 이루어진다면 그에게도 이곳이 꽤 좋은 직장이 될 수 있겠다는 희망이 생겼다. 상사들도 동물 교실에 참가한 어린이들의 밝은 모습을 보며 그저 사람 좋은 얼굴이 됐다. 그들도 아이들의 아버지이고 손자손녀의 할아버지임을 내가 잠시 잊고 있었던 것이다.

그때는 스마트폰이 출시되기 전이라 사진을 찍으려면 사무실에 있는 디지털카메라를 사용해야 해서 조금은 번거로웠다. 나 혼자 다녔던 동물 진료 현장은 따로 사진을 찍어주는 사람이 없어서 거의 자료가 남아 있지 않지만, 어린이 동물 교실은 동물원의 주요 행사로 자리 잡아 보고용으로 찍은 사진들이 지금도 있다. 덕분에 우리 동물원의 과거 기록이 남았다.

살다 보면 좋기만 하거나 나쁘기만 한 일은 없다. 내게 나쁜 일이 생기면 그다음에 올 선물 같은 일을 기대하는 이유다.

...

어린이 동물 교실을 진행하면서 얻은 값진 소득이 또 있다. 청주동물원의 변화는 사실 어린이 동물 교실에 참가한 아이들의 질문에서 시작됐다. 18년 전 독수리사 앞에서 나는 어린이들에게 이렇게 설명했다. "독수리는 겨울철새이며 몽골이 번식지입니다. 주로 먹이경쟁에서 밀린 어린 독수리들이 한국에 오지요. 봄이 되면 다시 몽골로 돌아갑니다."

수달사 앞에서는 이렇게 말했다. "수달의 세력권은 강을 따라 40킬로미터 이상이고 포식자로서 자신의 영역을 알리기 위해 높은 바위에 똥 자리를 만듭니다."

대부분의 아이들이 그저 반갑고 신기한 표정으로 동물들을 보고 있었는데, 몇몇 아이가 아기 낙타처럼 계속 질문을 했다. "선생님! 그럼 왜 독수리는 날개를 펴지도 못하는 좁은 공간에 갇혀 있어요?" "선생님! 그럼 왜 수달은 작은 욕조에 살아요? 똥 눌 바위는 왜 없어요?" 아이들의 궁금증에 나는

동물원 동물에 대한

아이들의 질문이

청주동물원의 방향을 정해주었다.

말문이 막혔다.

　아이들의 물음에 고민이 시작된 날로부터 많은 시간이 흘렀다. 그동안 아이들에게 조금이나마 떳떳하게 대답할 수 있게 하자는 마음으로 조금씩 동물원을 바꿔나갔다.

　우리 동물원의 독수리는 모두 여섯 마리였는데 그중 세 마리가 전주동물원으로 갔다. 전주동물원에서 국가유산청 천연기념물 보존관 사업으로 독수리사를 신축했는데, 우리 동물원의 독수리사보다 몇 배 더 커서 독수리들이 좀 더 시원하게 날아볼 만했다. 다른 동물들도 더 좋은 환경을 갖춘 곳이 있으면 보내는 중이다. 현재 남은 독수리는 세 마리다. 한 마리는 부리가 비뚤어져 아사하기 직전 극적으로 구조된 개체이고, 다른 한 마리는 2022년 경남야생동물센터에서 구조했으나 날개가 손상돼서 몽골로 돌아가지 못한 친구다. 나머지 한 마리는 오래전부터 있던 개체인데, 어디에서 어떻게 오게 됐는지 정확한 기록이 없다. 누군가가 공군사관학교에서 키우던 독수리라고 이야기하는 걸 입사 초기에 들은 적이 있지만, 확실한 정보는 아니다.

　수달 가족은 서울의 한 동물원에서 한강에 방사할 목적으로 번식한 개체들이다. 그러나 방사 훈련 직전에 한강 인근

도로의 로드킬 문제가 제기돼 사업이 취소됐다. 당시 우리 동물원에는 물범이 있었는데, 수조가 비좁기도 하고 지하수나 수돗물을 쓰다 보니 눈병이나 피부병이 자주 생겼다. 논의 끝에 민물에서 놀던 물범들을 바닷물을 쓰는 제주도의 대형 수족관으로 보내기로 했다. 물범이 떠난 빈 물범사를 터서 수달사를 확장한 뒤 그 수달들을 데려왔다.

수달의 생활 패턴을 고려해 수달사 앞에는 '수달 기상 예상 시간 오후 2시'라는 안내문을 적어놓았다. 방문객들은 오전에는 모습을 보이지 않는 수달이 배를 뒤집고 자고 있다고 상상하며 즐거워한다. 시계를 들여다보며 수달을 기다려주는 방문객들을 보고 있으면 동물에 대한 배려가 느껴져 흐뭇하다.

...

바람이를 구조하기 전, 방송사의 요청으로 바람이의 상태를 확인하러 실내 동물원에 방문했을 때였다. 유아를 동반한 한 가족이 콘크리트 벽으로 만든 작은 방 속의 바람이에게 먹일 닭꼬치를 사고 있었다. 사자의 배고픔을 이용한 먹이 주기 체험이었다.

그림책에서나 보던 사자가 가까이 다가오니 당장은 신기하겠지만, 아이가 더 커서 모든 상황을 이해하게 되면 욕심 많은 어른들이 거짓말을 했다고 생각하지 않을까? 사자를 배고프게 하면서까지 체험을 고집할 동심은 없다고 생각한다. 그래서인지 초등학교 고학년이 되면 동물원 존폐 여부를 찬반 토론의 단골 주제로 삼는 것 같다.

　몇 년 전 서울의 한 초등학교 교사가 나를 찾아왔다. 교사는 동물원을 활용한 학교교육을 주제로 논문을 쓰고 싶다고 했다. 그 인연으로 동물원에서 교사 연수를 열게 되었다. 강의가 끝난 후 교사들은 그동안 아이들에게 야생동물을 동물원에 가두는 이유를 설명하기 어려웠는데 청주동물원의 방향성이 좋은 예가 됐다는 후기를 남겼다. 교사들의 요청도 있었지만, 나 역시 공공 동물원의 책무라 생각해 충북교육청과 업무협약을 맺고 교사 연수를 본격적으로 시작했다. 교사가 학생에게 끼치는 지대한 영향력과 만나는 학생 수를 헤아려보면 동물원의 교육적 효과는 파급력이 클 것으로 생각된다. 학창 시절 국어 시간에 나의 시 낭송을 들은 선생님의 칭찬 한마디에 시집을 사서 읽는 사람으로 자라난 나처럼 말이다.

　동물원에 갇혀 사는 동물들에 대한 아이들의 오래전 질문은 청주동물원이 갈 곳 없는 야생동물의 보호소로 거듭나는 계기가 되었다. 전국 야생동물구조센터에서 구조했으나 영구 장애를 얻은 야생동물들을 청주동물원에서 보호한다는 소식을 들은 한 장애인 방문객이 고맙다며 전화했다. 열악한 환경의 개인 동물원에서 나이 든 동물을 데려왔다는 기사에는 노령층 독자들이 응원 댓글을 달아준다. 나는 소외된 동물의 보호가 사회적 약자에 대한 배려로 확장될 것이라 믿는다. 지금은 어른이 된 그때 그 아이들이 자신을 닮은 어린 자녀들의 손을 잡고 다시 동물원에 올 날을 기다린다.

오래, 자세히
들여다보는 마음

중학교 과학 실습 시간 때였다. 실험실 유리병에 개구리들이 들어 있었다. 잠시 후 에테르에 취한 개구리들은 몸의 균형을 잃고 잠이 들었다. 우리는 조별로 개구리를 꺼내어 배를 가르고, 칠판에 게시된 해부도와 몸속의 실제 장기들을 비교했다. 나를 포함한 몇몇 학생들이 아직 숨이 붙어 있던 개구리를 미처 땅에 묻지 못하고 한참을 주저했던 기억이 지금도 선명하다. 개구리 해부는 과연 학생들에게 어떤 교육적 도움을 줬을까?

고등학생 때는 선택과목이 '생물'이었다. 동물을 좋아하는 나는 매주 생물 수업을 기다렸다. 생물 선생님이 먹이사슬을 보여주며 맹금류를 흉내 내시는 모습이 그리 재미있었다. 책상을 박차고 날아가 선생님의 팔에 내려앉고 싶을 정도였다. 그 후 〈퀴즈 탐험! 신비의 세계〉라는 프로그램에서 아나운서가 야생동물에 대해 맛깔나게 설명할 때면 그 생물 선생님이 떠올랐다.

동물원을 찾은 아이들에게 야생동물의 생태를 이야기해줄 때 나 자신이 즐거워하고 있다는 걸 동물 교실을 진행하면서 알았다. 생물 교사 자격 취득을 위해 교육대학원 진학을 고려했을 정도다. 지금도 가끔 대안학교 생물 선생님이 된 내 모습을 상상해본다. 날이 좋아 참기 어려운 날, 아이들과 산으로 들로 나가 야생동물에 대해 이야기하고 있다. 자연에 나온 아이들의 표정이 화창하다!

도심에 살면 야생동물을 처음 만나는 곳이 동물원일 가능성이 크다. 그 동물원이 감옥 같은 창살에 콘크리트 바닥의 환경이라면 야생동물을 소유하고 전시물로 이용해도 되는 대상으로 여겨 함부로 대하기 쉽다. 요즘은 동물원의 필요성을 인정하는 사람이라도 오락 목적의 단순한 동물 전시에는 반대하며 동물원의 역할이 멸종위기종의 보전과 교육에 있

어야 한다고 말하는 경우가 많다. 그러나 국내 동물원의 역할
이 멸종위기종 보전에 얼마나 부합하는지는 여전히 의문이
다. 종 보전은 연구 인력, 예산, 서식지 관리 등 다방면의 노력
이 뒷받침돼야 가능하다.

　그동안 동물원의 주요 방문객은 유아부터 초등학교 저학
년생까지의 어린이와 그 가족들이었다. 순수한 아이들은 그
저 동물이 좋을 뿐이다. 토끼만 있어도 좋고 먹이 주기 체험
동물도 좋다. 일부 동물원 운영자들은 이런 점을 이용해 동물
이 희생되는 만지기나 먹이 주기 체험 위주의 단순한 콘텐츠
를 양산한다. 그리고 이런 체험에 '동물 교감'이라는 이름을
붙인다.

　그러나 아이들이 초등학교 고학년이 되고 나면 동물원에
잘 오지 않는다. '동물원은 어린아이가 가는 곳', '동물원은 시
시한 곳'이라는 고정관념이 생긴 것이다. 커가면서 좁은 공간
에 있는 동물을 보는 것이 마음이 안 좋아져서일 수도 있다.
동물원이 멸종위기종에 관한 교육을 하고자 해도 찾는 사람
이 없으면 지속해나갈 수가 없다. 결국 어느 한쪽이 희생되지
않도록 동물과 사람 모두를 위한 대안이 필요하다.

...

예전에 청주동물원에는 130종의 동물들이 있었다. 생김새만을 중시하니 동물의 종과 수가 많아야 볼 것이 풍성하다고 생각한 것이다. 동물원마다 희귀한 동물을 경쟁적으로 데려다 놓던 시기이기도 했다. 대부분 국내에서 잘 볼 수 없는 외래 동물들이었다. 동물들은 낯선 환경에 적응하느라 스트레스를 받았고, 사람들은 동물들의 생태나 습성을 잘 모르니 돌보는 것도 쉽지 않았다.

지금은 외래 동물이 자연 감소하면 같은 종을 데려오는 대신 그곳을 허물어 옆 칸에 사는 동물의 공간을 넓혀준다. 현재 우리 동물원에는 60여 종의 동물들이 과거보다 넓은 집과 숨을 곳을 갖고 있고, 불안감과 정형 행동도 많이 줄었다.

생각해보자. 단지 몇 초, 길어야 1~2분 남짓 동물을 보고 가면 수많은 동물 중에 기억에 남는 종이 과연 몇이나 될까? 찰나의 구경을 위해 더 많은 종이 더 좁은 곳에 갇혀야 한다는 건 비윤리적이다. 자세히 보아야 예쁘다는 시구처럼 한 종을 깊이 알아보면 어떨까? 알고 나면 동물을 위해 무엇을 해야 할지를 두고 새로운 아이디어도 떠오를 것이다.

　몇 년 전 청주동물원 올빼미는 좁은 공간 속 인공 횃대에 박제처럼 앉아 있었다. 관찰해보니 방문객이 올빼미를 보는 시간은 겨우 5초 정도였다. 지금은 올빼미가 야외 방사장에 있다. 소나무 가지 사이에 숨어 있는 올빼미를 찾는 데만 수 분이 걸린다. 올빼미를 찾다 보면 토종 올빼미가 소나무 가지와 같은 보호색을 띠는 이유를 자연스럽게 이해하게 된다.

　올빼미는 주행성 조류와의 경쟁을 피하기 위해서 밤에 사냥한다. 주행성 조류들이 시각에 의존하는 반면, 올빼미는 청각을 이용한다. 조용한 밤, 근거리에서 쥐가 풀을 밟고 지나가는 낮은 주파수의 소리를 포착한 올빼미는 쥐가 움직이는 방향으로 머리를 돌린다. 원형 안테나 같은 둥근 얼굴로 쥐가 내는 소리를 모아 털 속의 양쪽 귓구멍으로 전달한다. 눈을 감고 작은 소리에 귀 기울이는 올빼미가 되어보자. 높이가 다른 귓구멍이기에 3차원 공간에서 쥐의 좌표를 그리는 데 유리하다는 것을 알 수 있다. 청각이 발달한 올빼미 주변에서는 시끄럽게 굴지 말아야 한다는 동물원 예절은 덤으로 배운다.

　한국인이 제일 좋아하는 동물인 호랑이는 주황색 바탕에 검은 줄무늬를 지녔고, 숨어 있다가 사슴이 주위 경계를 허물 때 급습하는 전략을 쓴다. 사냥감이 되는 사슴은 호랑이의 주

구경거리가 아닌 생명으로

동물원 동물을 바라보면,

동물을 위해 무엇을 해줄 수 있는지

자연스레 알게 된다.

황색을 보지 못하는 색맹이다. 검은 줄무늬는 어두운 숲속 나뭇가지와 겹치니, 사슴에게 있어 숨죽인 호랑이는 감각할 수 없는 유령이다. 호랑이가 크게 포효하며 달려들면 사슴은 얼어붙어 숨통을 물리는 고통조차 덜 느낀다. 사슴의 마지막 숨이 멎는 것은 호랑이의 주둥이 주변 하얀 수염이 떨림을 멈추는 순간이다.

호랑이사에 마련해둔 숨는 공간은 우선 방문객의 시선으로부터 호랑이를 자유롭게 해주기 위한 것이지만, 호랑이의 사냥 습성을 설명하는 것도 가능하게 해준다. 그곳에 호랑이가 알아차릴 수 없을 정도로 작은 카메라를 달아 방문객이 간접적으로나마 볼 수 있게 해주면, 몸을 숨긴 호랑이를 보지 못해 못내 아쉬운 이들의 호응을 얻을 수 있다. 꼭 드러나야만 알 수 있는 건 아니다.

날이 추워지면 동물들은 몸을 변화시켜 대비한다. 여우는 진작에 풍성한 겨울털로 갈아입는다. 여우의 모습을 보고 있으니 어린 시절 텔레비전을 통해 본 〈전설의 고향〉에서 왜 여우가 사람을 홀리며 꼬리 아홉 개를 지닌 구미호가 됐는지 알 것 같다. 여우의 꼬리는 겨울이 깊어갈수록 두툼해진다. 정말 꼬리가 아홉 개나 들어갈 정도의 두께다. 찬바람이 불면 움푹

한 땅에 누워 몸 전체를 꼬리로 두른다. 풍성하고 윤기 나는 오렌지색 털빛이 나의 마음을 홀린다.

반달가슴곰들은 월동 준비로 분주하다. 떨어진 낙엽을 모아 곰사에 넣어주니 낙엽을 가져다가 자신들의 자리에 편다. 6년 전 농장에서 구조된 사육곰은 앞발이 자유롭다. 낙엽을 한 아름 안고 가 높은 곳에 매달린 자신의 해먹에 까치발을 하고 부려놓는다. 농장에서 태어나 야생을 모르는 반달가슴곰들이 낙엽이 보온재가 된다는 것을 어찌 알았을까?

가을이 되면 오소리와 너구리도 몸에 지방을 축적해 동글동글해진다. 야생에서는 반달가슴곰, 오소리, 너구리 모두 겨울잠을 자는 동물이지만, 먹이가 주어지는 동물원에서는 동면을 하지 않는다. 다만 기온이 내려가도 활동적인 반달가슴곰과는 다르게 오소리와 너구리는 주로 굴 안에 머물며 밖으로 나오는 시간을 현저히 줄인다. 방문객들은 오소리와 너구리가 겨울철에 보이지 않는 이유를 이해하고, 당장은 못 보는 것을 받아들이며 봄에 다시 만날 것을 기대한다.

어느 초등학교 졸업반 학생들의 초대로 충청북도 제천에 다녀온 적이 있다. 담임선생님들과 6학년 학생 전체가 청주 동물원을 방문한 후, 각자 원하는 동물의 공간을 폐종이를 활용해 모형으로 제작하고 발표하는 행사였다. 동물원을 찾지 않던 고학년 친구들이 동물원을 주제로 자신의 생각을 표현 하고 즐거워하는 모습을 보는 동안 내 마음도 밝아졌다. 동물 원이 시민을 위해 열린 공간이라면, 야생동물에 관한 질 높은 콘텐츠로 전 연령층이 찾는 생태 교육기관이길 바란다. 나도 방문객들 앞에서 그 시절 생물 선생님을 흉내 내며 사심을 채 우고자 한다.

황새가
제 발로 찾아왔다

우리 동물원은 산속에 자리한지라 야생동물들이 종종 찾아오곤 한다. 오후 4시경엔 수달사 옆 소나무 가지에 왜가리가 앉아 있다. 수달에게 먹이로 넣어준 미꾸라지를 훔쳐 먹어보려는 것인데, 아직 방문객이 많아 내려오기는 부담스러운 눈치다.

오전 10시 즈음 두루미사 앞을 지나간다면 조심스럽게 발걸음을 옮겨야 한다. 두루미들의 식사시간이기 때문이다. 동물복지사가 두루미에게 줄 물고기를 양동이에 담아 와 수조에 부어주면 두루미들은 부리 끝으로 물고기를 잡아 올려 하늘로 고개를 쳐들며 목 안으로 꿀떡 삼킨다.

어느 정도 배가 부르다 싶으면 두루미는 부리로 물고기를 잡고 철망으로 다가선다. 철망 너머에는 애타게 기다리다 목이 길어진 야생 백로가 서 있다. 철망을 사이에 두고 부리에서 부리로 물고기를 전달하거나 여의치 않으면 두루미가 철망 밖으로 물고기를 던져준다. 두루미는 나그네 백로에게 왜 먹이를 줄까? 두루미가 새끼에게 먹이를 주는 행동이 본능적으로 강할 때 나타나는 '부모 행동의 일반화parental care overflow' 행위로 추측된다.

월동을 위해 경상남도까지 날아간 독수리들은 봄이 되면 다시 고향 몽골로 돌아간다. 동물원 상공을 선회비행하는 독수리 한 마리가 보인다. 대부분의 독수리가 이른 봄 몽골로 올라가는데, 4월이 돼서야 홀로 늦장 복귀를 하다 동물원에 있는 동료들을 발견하고는 같이 갈 의향을 묻고 있는 듯하다. 한국에서 볼 수 있는 가장 큰 새인 독수리는 몇백 미터 상공을 날기에 지상에 있는 사람에게는 까마귀 크기로 보인다. 독수리는 늘 멀리 있어 그 크기를 실감하기 어렵다.

얼마 후, 보기 드문 손님이 찾아왔다. 황새 세 마리가 동물원 물새장 주변을 날고 있는 모습이 눈에 띈 것이다. 이들의 관계를 지켜보니 두 마리는 커플이고 한 마리는 암컷을 차지해보려는 수컷 같았다. 바로 눈앞에서 희고 큰 새 두 마리가 경쟁하며 평행하게 나는 모습은 그들의 속내와는 달리 눈부시게 아름다웠다. 2미터 길이의 날개로 바람을 받아 활공하는 황새는 배경이 되는 봄날의 숲을 아웃포커싱했다.

...

그로부터 며칠이 지나, 주차장 쪽에서 "우와~ 새다!" 하는 방문객의 탄성이 들렸다. 뛰어가 보니 황새가 동물원을 지나쳐 어딘가를 향해 날고 있었다. 책상에 늘 있는 쌍안경을 들고 나가 황새가 내려앉을 만한 곳을 샅샅이 훑어보았다. 황새는 산 중턱에 있는 전봇대 위에 앉아 있었는데, 그 높이가 마음에 들었는지 암수가 번갈아가며 오르고 내렸다. 둥지를 치려는 것 같았다. 전봇대 위에 집을 지으면 황새도 위험하고 혹여나 화재라도 나면 큰일이었다. 아무래도 황새를 유도할 대체 둥지를 만들어야 전봇대에 집을 짓지 않을 것 같았다.

대체 둥지의 후보지는 황새들이 관심을 보였던 동물원 황새장 꼭대기였다. 애초에 그곳에 둥지를 지으려 했으나 면적

황새장 안과 밖으로 황새들이 앉아 있다.

동물원이 야생동물의 서식지가 될 수 있을까?

이 손바닥만 해 물어다 놓은 나뭇가지가 밑으로 계속 떨어져 실패했던 것이다. 황새 야생 방사 사업을 하는 예산황새공원 연구자에게 연락해 상황을 설명했더니, 야생 황새의 번식을 위해 만들어놓았던 인공 둥지를 다음 날 보내왔다.

10여 미터나 되는 황새장 꼭대기는 황새가 좋아할 만한 높이였지만 직접 올라가 보니 다리가 후들거렸다. 먼저 밧줄로 인공 둥지를 끌어 올려 꼭대기에 얹고 황새장 프레임에 철사로 묶어 고정했다. 수고로움을 덜어주기 위해 나뭇가지도 한 묶음 둥지 안에 펴놓은 후 황새를 유인했다. 다음 날 외부 출장을 가 있는 사이에 우리 팀 대화방에 사진이 올라왔다. 전날 달아준 둥지에 앉아 있는 황새 사진이었다. 나뭇가지를 둥지에 물어다 놓는 영상도 전송되었다. 일단 마음에 드는 눈치였다.

...

황새가 왜 동물원에 왔을까? 우선은 지나는 길에 동물원 새장에 있는 친구 황새들을 보아서일 것이다. 둥지를 만든다는 것은 이곳에 당분간 머물면서 번식을 하려 한다는 뜻이다. 몇 주동안 이곳에 머물 수 있는 것은 멀지 않은 곳에 먹이터가 있음을 말해준다.

우리나라 마지막 야생 황새 한 쌍이 살았던 곳은 충청북도 음성이다. 1971년, 수컷 황새는 신문 기사를 보고 찾아간 밀렵꾼의 총에 목숨을 잃었다. 이후 홀로 살아가던 암컷 황새는 농약에 중독됐다가 구조되어 동물원에서 몇 년을 더 살다 죽었다. 이후 국내에서는 황새를 더 볼 수 없었다.

그로부터 20여 년 후인 1996년, 충청북도 청주에 있는 한국교원대에서 황새 복원을 위해 러시아 황새 두 마리를 들여왔다. 야생동물의학대학원에 다닐 때 지도교수님을 따라 한국교원대를 방문해 황새를 진료한 적이 있었고, 그 인연은 지금까지 이어진다. 현재 황새를 복원하는 곳은 한국교원대와 예산황새공원이다. 두 기관 모두 상주 수의사가 없어 청주동물원 수의사들이 그곳 동물들의 건강검진과 진료를 하고 있다.

한번은 명절 연휴 근무를 마치고 어머니를 뵈러 당진으로 가고 있었는데, 예산황새공원의 연구자가 황새 한 마리가 다쳤다며 연락했다. 어머니와 저녁 약속이 있어 살짝 고민됐지만 나는 곧바로 예산으로 차를 돌렸다.

번식기 투쟁의 결과로 다친 황새는 등에 넓게 외상이 있었는데, 상처가 수일은 된 듯 보였다. 갑작스러운 방문 진료라 마취제 등이 준비되지 않아 난감했다. 그래도 황새공원 내 진료실을 뒤적이니 수술 도구와 소독약이 있었다. 수술 도구를 멸균할 수는 없어서 급한 대로 소독약에 담갔다가 수술을 감행했다. 염증 부위를 제거하고, 피부에 관을 삽입해 이후 세척이 가능하도록 조치했다.

황새는 발성을 하지 못하고 부리를 부딪쳐 소통하는 새다. 소리를 내지 못한다고 고통이 없는 것은 아니다. 마취하지 못한 채 처치하는 사이 황새의 신음이 느껴졌다. 손을 더 빠르게 움직였다. 처치를 끝낸 후 사육사들에게 세척 방법을 알려주고 다시 당진으로 향했다.

예산황새공원 연구자는 며칠 간격으로 황새의 환부 사진을 보내주었다. 환부의 색으로 보아 더 이상은 염증이 진행되지 않는 것으로 판단됐다. 사육사들이 하루도 거르지 않고 세척한 결과였다. 얼마 후에는 다른 황새가 호흡기 질병으로 상태가 좋지 않다고 해서 방사선 발생 장치를 차에 싣고 방문했다. 방사선 사진을 본 영상 수의사가 폐렴을 의심했고, 내과 수의사가 혈액검사로 확진하여 처방약을 지어 보냈다. 한 달쯤 지

나 황새 연구자가 두 마리 모두 건강해졌다는 소식을 장문의
문자로 보내왔다. 황새 복원에 일조한 것 같아 보람됐다.

…

동물원 인공 둥지에 앉은 수컷은 예산황새공원에서 방사한
개체고 암컷은 야생에서 태어난 개체라고 한다. 수컷이 방사
한 개체임을 알 수 있는 이유는, 방사 전 황새 몸에 GPS를 달
아 위치추적이 가능하기 때문이다. 업데이트된 위치 신호를
분석해봐야겠지만, 황새들은 방문객이 많은 휴일에는 동물
원이 복잡한 낮보다는 한산한 아침과 저녁에 오간다. 알을 낳
기 전까지는 둥지가 확정된 것이 아니다. 새는 알을 끝까지
책임져야 하므로 여러 조건들을 신중하게 열심히 살핀다.

　몇 년 전 남극으로 펭귄을 연구하러 갔을 때는 기록 장치들
을 펭귄의 등에 달아야 했다. 그러려면 어쩔 수 없이 펭귄을
포획해야 했는데, 알을 품은 펭귄은 절대 도망가는 법이 없
어 손쉽게 잡을 수 있었다. 몸에 장치를 달고 나간 펭귄은 크
릴새우를 마음껏 먹으며 자유롭게 바다를 헤엄치다가 2주 후
알 품기 교대를 위해 나타났다. 불과 얼마 전 사로잡혔던 공

포가 선명할 터인데, 펭귄은 알이 기다리는 둥지로 분명히 돌아왔고 장치 회수를 위해 다시 포획됐다. '책임진다'는 말의 의미를 펭귄에게 배웠다.

마지막 황새가 살았던 충청북도 음성은 미호강 상류 지역이다. 상위 포식자인 황새는 어류뿐 아니라 파충류나 양서류도 먹는다. 황새가 살고 있다는 것은 그곳에 다양한 생물이 산다는 증거다. 미호강이 흐르는 청주의 동물원에 1급 멸종위기종인 황새가 돌아온 것은 역사적으로나 생태적으로 매우 좋은 신호다.

춥고 더운 날이
걱정스럽지 않기를

추운 겨울에는 여름이 아쉽다지만, 난 겨울에도 겨울이 좋다. 출근길에는 여느 직장인과는 반대로 도심이 아닌 산으로 향한다. 저 멀리 청주 상당산성이 선명하게 보이면 대개 쨍하게 추운 날이다. 창문을 열자 달리는 차 안이 맑고 찬 공기로 가득 찬다. 크게 들이마신 소나무 숲의 녹색 공기는 오즈의 마법사가 사자에게 준 녹색 물처럼 폐포를 채워 오늘 벌어질 일에 대한 기대와 용기를 준다.

나만큼 겨울을 좋아하는(사실 잘 견딘다는 표현이 정확하다) 동물은 역시 토종 동물들이다. 평소 같으면 오후에 방사장으로 나오는 수달들도 눈이 오는 날은 아침부터 활동량이 많다. 하얀 눈 위를 껑충껑충 뛰어다니며 찍은 물갈퀴 달린 발자국이 어지럽다. 온몸으로 물을 저어놓아 수달의 수영장은 얼 틈이 없다.

새끼 때 농장에서 구조된 반달가슴곰들은 사람 나이로 치면 이제 30대 청년이다. 겨울철에 상의를 벗어 던지고 운동하는 국가대표 선수처럼 서로 부둥켜안고 레슬링을 한다. 제한된 공간에서 사는 수컷들은 이런 식의 힘자랑이 서로의 공격성을 낮추는 데 도움이 되는 듯하다. 두 곰의 열기 때문에 방사장 앞마당의 눈이 녹아 질퍽하다.

고양잇과 동물인 스라소니의 긴 수염은 예민하다. 이 포식자는 수염으로 공기흐름을 감지해 사냥감의 움직임을 예측하고 숨통을 재빨리 찾아 끊을 수 있다. 몸을 취하기 전에 숨이 멎게 해 사냥감의 고통을 최소화하는 이 능력은 때로는 육식동물의 자비로 미화되곤 한다. 웅크린 채 눈을 가늘게 뜬 스라소니는 자기 수염에 떨어지는 눈송이의 무게를 가늠하는 듯하다.

시베리아호랑이(한국 호랑이의 정식 명칭)는 내리는 눈에 감응이 적어 보인다. 러시아의 야생 호랑이라면 1000제곱킬로

미터 이상의 눈밭 사냥터가 일상이므로 이 정도 눈은 큰 자극
이 아닐 것이다. 반면 친척뻘인 아프리카 사자들은 눈 자체가
신기하다. 동물복지사들이 공들여 만들어준 눈사람의 머리
를 건드려 떨어뜨리더니 큰 앞발로 조심스럽게 굴리며 논다.
귀하게 얻은 장난감을 망가뜨리지 않고 오래 가지고 놀고 싶
은 눈치다. 한참을 놀고 나서는 발이 시린지 온기가 있는 내
실로 들어가버린다.

　눈 내린 대숲에 서 있는 산양의 모습은 한 폭의 수묵화를
연상시킨다. 주로 초록색 풀을 찾는 산양의 눈은 붉은색을 구
분할 필요가 없어 다른 계절에도 겨울과 같은 대숲을 보았을
것이다. 겨울은 사람과 산양이 같은 공간에서 같은 풍경을 보
는 유일한 계절이라는 생각이 들어 산양이 사는 방사 훈련장
을 오래 바라보았다. 어린 산양 하이를 위해 함께 살게 한 할
머니 염소 바이는 흰 몸이 바닥의 눈과 겹쳐져 스스로 풍경이
되어버렸다.

...

10여 년 전 겨울 일본의 삿포로, 공항 착륙을 위해 선회하는

비행기의 창밖으로 바다 결빙들이 파도에 움직이며 반짝였다. 홋카이도에 있는 한 동물원에 출장 가는 길이었다. 인구 30만 명의 소도시인 아사히카와시에 있는 아사히야마동물원은 '행동 전시(야생으로 살기 위한 본연의 행동을 전시)'라는 콘셉트로 대중을 사로잡아 도쿄 우에노동물원의 방문객 수를 넘어섰고, 일본 내 동물원뿐 아니라 기업의 경영진도 참고하는 모델이 되었다. 당시 한국에서는 동물복지에 대한 인식이 높아지면서 동물원 찬반 논쟁이 사회적으로 떠오르고 있었고, 운영 주체가 동일한 국내 시립 동물원에서는 아사히야마동물원의 성공에 대해 매우 궁금해 했다.

홋카이도를 가로질러 아사히야마동물원을 향해 가는 길 옆으로 눈빛으로 형형한 자작나무 숲이 있었다. 달리는 차 안에서 멀리 숲속에서 쉬고 있는 야생 여우를 볼 수 있었다. 소설 《어린 왕자》에 나오는 여우처럼 금빛 털을 지니고 있었다. 눈에 묻혀도 도로 위치를 알 수 있게 해둔 표지판들과 제설차 행렬은 이곳에 폭설이 잦다는 사실을 말해주고 있었다. 동행한 가이드는 도로 주변에서는 밭농사를 많이 짓는데 적설량이 많지 않으면 눈을 녹이기 위해 퇴비를 뿌려놓는다고 했다. 퇴비의 발효열로 눈을 녹이면 그 물이 밭으로 흘러들어가 작

겨울이면 여우는

털이 더욱 풍성해진 꼬리로

온몸을 감싸 추위를 피한다.

물 성장에 도움을 준다니 우리 농촌 지역에도 적용할 만한 좋은 아이디어였다.

동물원장은 작업복에 열쇠 꾸러미를 차고 나타났다. 그는 한국에서 온 특별한 손님들이라고 반갑게 맞아주었고, 함께 동물원을 돌아보며 여러 가지를 설명해주었다. 수중 유리 터널에 들어가자 수족관이 바깥 하늘과 겹쳐 마치 펭귄이 새처럼 날고 있는 것 같았다. 실내에 세워진 유리 기둥은 외부 수조와 연결되어 호기심 많은 물범이 내려와 기둥 안에 서서 우리를 구경했다. 천장의 투명 창을 통해서는 수영하는 하마의 다리 동작도 자세히 볼 수 있었다. 그러나 이색적인 외래 동물의 행동 전시를 위해선 많은 시설 투자가 선행돼야 해서 당장 우리 동물원에 적용하기는 쉽지 않아 보였다. 오는 길에 본 숲속 야생 여우만 자꾸 생각났다.

...

청주동물원은 2019년부터 동물들이 사는 공간을 개선하고 있다. 과거부터 꾸준히 거론된 동물원 이전 비용 수천억 원에 비하면 100분의 1 정도의 예산이 들었다. 이런 비용 절감은 난방비 같은 관리 에너지가 많이 드는 외래 동물 대신 토종 야생동물 보호로 방향을 정했기에 가능한 일이었다. 잘 보이진 않지만 늘 우리 주변에 있는 토종 야생동물들은 오랜 시간 국내 기후에 적응했다. 겨울이면 보온성이 좋은 두꺼운 옷으로 갈아입고 굴에서 지낸다. 그것으로 부족하면 몸의 대사를 줄여 동면한다.

인간 활동으로 발생한 탄소 때문에 빙하가 녹아 투발루 같은 섬나라가 물에 잠긴다는 뉴스를 들으면서도 멀게만 느껴졌었다. 그러나 요즘 한국의 여름 역시 냉방기가 없으면 견딜 수 없는 날들이 길어지고 있다. 사과 재배지가 대구에서 포천으로 바뀌었다는 소식도 들린다. 기후변화는 더 이상 남의 일이 아니다. 습하고 무더운 여름이 지속되자 우리 동물원에서도 체온유지가 힘든 노령 동물들에게는 에어컨을 켜주기 시작했다. 우리가 흔히 보는 백로는 날이 추워지면 중국 남부나 동남아 지역으로 이동했지만, 이제는 겨울이 와도 국내 도심을 떠나지 않는다.

동물원이 토종 동물 보호를 넘어 환경교육의 장소가 될 수도 있을 것이다. 그동안 성과도 있었다. 해양 포유류인 물범을 더 살기 좋은 광주의 동물원과 제주의 아쿠아리움으로 보낸 후, 수조 관리에 쓰던 수백 톤의 수돗물을 절약했다. 수달의 활동 반경은 물범이 살던 곳까지 확장되었고, 덕분에 수달은 보다 자유롭게 헤엄치고 잔디밭을 뛰어다닌다. 홀로 살던 아프리카 하이에나와 육지거북도 같은 종이 있는 다른 동물원으로 거처를 옮겼다. 지금은 친구들과 함께 넓고 쾌적한 환경에서 지내고 있다. 동물들을 더 나은 환경으로 보내려는 의도였는데, 열대동물들이 줄어드니 난방 에너지 사용량도 감소했다. 절약한 비용은 지금 있는 동물들의 환경을 개선하는 데 쓸 수 있다.

동물원을 찾는 방문객들과 함께 해볼 만한 환경교육을 고민해본다. 호랑이 똥으로 만든 화분용 퇴비를 나눠주며 자원순환을 홍보하면 어떨까? 자가용이 아니라 동물원행 시내버스를 타고 옴으로써 탄소 발생을 줄인 방문객에게 특별한 안내를 해주면 좋아하지 않을까? 기후변화가 동물원에 불러온 영향을 방문객들에게 이야기하면서 함께 고민해본다면, 미처 생각지 못했던 좋은 아이디어가 나올지도 모른다. 어린이 동물 교실에 참가한 아이들의 질문이 동물원을 바꾼 것처럼 말이다.

눈 오는 날 유독 꼬리가 풍성해 보이는 동물원 여우들이 갑자기 보고 싶다. 아사히야마동물원으로 가는 길에 본 자작나무 숲 여우는 잘 지내고 있을까?

동물이
편안한 숨을 쉬는 곳

동물복지와 동물권을 논의할 때 빠지지 않는 단어가 바로 '생츄어리'다. 생츄어리란 상업적 이용 없이, 동물들이 평생토록 편안하게 살 수 있도록 돌봐주는 보호소를 말한다.

국내에는 아직 야생동물 생츄어리가 없다. 동물원이 야생동물 생츄어리가 될 수 있을까? 세계동물원수족관협회가 제시하는 동물원의 역할은 동물의 보전, 교육, 연구, 복지다. 그러나 동물을 가두고 전시하는 동물원은 여전히 윤리적 비판의 대상이 되고 있다. 반면 생츄어리는 전시가 아닌 동물복지를 목적으로 평생 돌봄을 제공한다는 점에서 근본적인 차이가 있다.

국제동물생츄어리연맹Global Federation of Animal Sanctuaries, GFAS은 아래의 입장문을 통해 생츄어리를 정의한다.

첫째, 동물의 인수가 합법적이고 윤리적이어야 하며, 상업적 거래를 조장해서는 안 된다고 명시한다. 동물 구조의 목적으로 지불된 돈이 다시 사적이익을 위해 재투자되는 악순환의 가능성을 배제하지 않는다. 해당 종의 전문성과 자원을 갖추고 있어야 하며, 신규 동물이 입식되면서 기존 동물의 복지를 해치지 않아야 한다. 다수의 동물이 몰릴 경우, 전문성을 가진 다른 시설로 분산하는 것을 권장한다.

둘째, 의도적 번식을 하지 않는다. 생츄어리는 새로운 개체를 만드는 것이 아니라 이미 보호가 필요한 동물의 복지 향상이 목표다. 단, 토종 멸종위기종의 야생 복귀 목적의 번식 프로그램은 조건을 만족할 경우 허용되기도 하나 인공수정·강제교배를 금지하며 방사 계획이 명확히 마련되어 있어야 한다.

셋째, 안락사는 동물의 고통을 덜기 위한 최후의 수단으로만 허용된다. 수용 공간 확보나 관리 목적의 안락사는 금지된다. 안락사는 수의사 및 담당자의 윤리적 판단에 따라 시행되어야 한다. 치료 불가능한 질병, 심한 고통, 노령, 전염 위험, 타 동물에게 해를 끼칠 가능성이 있거나 야생 복귀가 불가능한 동물의 경우 좋은 삶이 불가능하다고 판단되면 안락사를 고려한다.

넷째, 생츄어리의 공개 여부는 선택 사항이지만, 교육 목적의 제한된 관람만 허용된다. 관람은 반드시 가이드를 동반해 이루어져야 하며, 동물 접촉을 최소화해야 한다. 먹이 주기, 만지기는 당연히 금지된다. 관람의 목적은 동물보호의 필요성과 구조된 동물의 사연을 알리는 데 있으며, 방사 후보 동물은 절대 공개 대상이 될 수 없다.

청주동물원은 생츄어리에 얼마나 접근해 있을까? 생츄어리 정의에 답을 달며 생각해본다.

첫째, 동물 인수. 2020년까지 동물원의 동물 관리 규정에는 100만 원 단위로 동물의 가격이 정해져 있었고 매년 가격을 평가해 조정했다. 동물원이 판매상에게서 동물을 매입했으니 당연히 가격이 책정되어 있었다. 1년에 한 번 하는 가격 평가는 실정이 비슷한 두세 곳의 지자체 동물원들이 서로 돌아가며 보내준 자료를 바탕으로 평균을 낸 것이었다.

동물에게 가격이 붙어 있으니 동물이 지내기에 더 좋은 곳이 있어도 임의로 보내면 행정적으로는 해당 지자체 재산의

손실로 처리되므로 이동이 불가능했다. 그러나 갈 곳 없는 야생동물들을 데려오면서 2020년 동물 관리 규정을 바꾸어 동물에 매긴 가격을 없애는 대신 멸종위기 등급으로 나누었다.

그러자 환경과 조건에 맞게 동물을 이동하는 일이 자유로워졌다. 좁은 맹금사에 있던 수리부엉이나 황조롱이는 국비 사업으로 새장을 넓힌 전주에 보내졌고, 사회적 무리가 필요한 하이에나 암컷은 수컷만 있는 광주로 갔다. 평생 수돗물이 담긴 수조에서 눈병을 달고 살았던 물범이 바닷물을 쓰는 제주의 아쿠아리움으로 이동한 후, 좁은 욕조 같던 수달의 집은 물범 수조와 합쳐져 확장됐다. 수조 주위에 심어놓은 잔디에 물기를 닦고 햇볕으로 털을 말리니 극심한 가려움을 일으켰던 수달의 곰팡이 피부병이 사라졌다.

둘째, 의도적 번식. 예전에는 염소가 새끼를 낳으면 새끼는 놔두고 나이 든 염소를 팔았다. 나이 든 염소가 팔려 가는 곳은 뻔했다. 동물원에서 태어난 새끼 표범 세 마리는 동물 판매상이 사 갔다. 표범들은 다른 곳으로 팔리기 전까지 열악한 환경에서 길러졌는데, 그 와중에 한 마리가 폐사했다고 전해졌다. 살아남은 표범들은 판매상이 사들인 가격보다 비싸게 다른 동물원에 팔렸다.

　이런 과정을 알게 된 후 우리는 염소와 표범을 시작으로 동물들에게 불임수술을 시행했다. 새끼를 낳지 않으니 부모 동물의 열악한 공간을 대물림하지 않을 수 있었다. 시간이 지나면서 동물들은 자연 감소했고, 이로 인해 확보된 동물사는 옆 칸과 합쳐져 동물이 넓게 사용하거나, 구조된 야생동물들의 임시 보호 장소가 됐다.

　셋째, 안락사. 가장 어려운 문제다. 아직까지는 동물이 치료 불가능한 질병에 걸렸을 때만 안락사를 수행하고 있다. 그러나 수의사의 역량이나 의료 장비의 질적 수준에 따라 치료 불가능한 질병이 치료 가능한 질병으로 바뀌기도 한다. 동물은 자기 의사를 표현할 수 없기에 사람의 주관적 기준이 동물의 죽고 사는 문제를 판단한다. 전시 위주인 동물원의 동물 안락사는 치료비 부담을 덜기 위한 편의적 용도폐기로 악용될 소지가 있다. 이를 막으려면 정확한 의학적 진단이 선행되어야 한다. 현재 우리 동물원은 전공 수의사 세 명이 내과, 마취과, 영상의학과로 업무를 나누어 진단 위주의 진료를 하고 있다. 전문적인 치료는 정형외과, 안과, 치과 등을 전공한 외부의 소동물 수의사들과 협진한다.

　넷째, 관람. 이건 가장 자신 없는 부분이다. 애초에 방문객이 자유롭게 동물을 보던 동물원을 가이드 동반이 필수인 생츄어리로 전환하기는 현실적인 어려움이 있다. 그러나 방문객이 적은 평일은 예약을 통해 안내를 해준다면 해설 교육이 이루어져 만족도가 더 높아지지 않을까?

진료가 없어 시간이 날 때 동물원을 한 바퀴 돌면서 방문객과 이야기 나누는 것은 재미있다. 한번은 올빼미사 앞에서 소나무 사이에 숨은 올빼미를 찾고 있는 아이를 만났다. 올빼미 있는 곳을 가르쳐주니 아이는 올빼미가 메추리알을 닮았다고 말했다. 우리는 토종 동물의 보호색에 대해 좀 더 이야기를 나눴다. 내가 야생성 맹금류의 예민한 청각에 대해 알려주니, 아이는 작은 소리로 이야기하기 시작했다. 아이의 배려에 흐뭇했다.

...

미니 돼지 태돌이가 풀밭에서 코를 골며 자고 있다. 이웃한 수사자 바람이는 자신의 영역을 알리느라 우렁차게 포효한다. 야생이었으면 포식자인 사자의 작은 낌새만 알아차리더라도 놀라 달아났을 돼지이지만, 이곳에서 태돌이는 아랑곳

돼지도 사자도, 이곳에서는

편안하게 숨을 쉴 수 있기를.

하지 않고 깊은 잠에 빠져 있다. 동물 설명 판에 적힌 '미니 돼지'라는 단어가 무색할 만큼 태돌이는 결코 작지 않다. 10년 전 한 시민이 미니 돼지란 말만 듣고 반려동물로 기르다가 예상보다 더 크게 자라는 바람에 키울 수 없게 되자 동물원에 기증을 문의했다. 분류상 돼지가 잡식이긴 하지만, 넓어진 동물사 풀밭을 거닐며 생풀을 뜯어 먹는 것을 보니 같이 살고 있는 흑염소들처럼 초식에 가깝다.

몇 년 전까지 염소와 돼지는 종별로 구분된 좁은 공간에서 따로 살았지만 지금은 넓은 장소에서 같이 산다. 이곳에선 돼지와 염소가 매일 풀을 뜯더라도 부족하지 않은 풀밭이 있다. 동물들의 분뇨는 풀밭에서 비와 햇볕에 부스러진 후 자연스럽게 땅에 스며들었다. 사육사들은 환경정비에 쏟았던 에너지가 줄어들자 대신 동물들을 관찰하고 필요한 것들을 해주었다. 바뀐 업무 내용에 따라 사육사라는 명칭도 동물복지사로 변경했다.

비록 가축화된 염소와 돼지는 대부분 산업적으로 키워져 어린 나이에 도축될 운명이지만, 그에 앞서 생명인 것을 알리고 싶다. 동물원 염소에게 작은 바위 동산을 만들어주니 갈라진 두 발굽을 모아 뾰족하게 만들어 바위 틈새를 밟고 가볍게

정상에 올랐다. 돼지는 방사장의 흙바닥을 주둥이로 꾹꾹 찌르며 땅속 먹이를 찾고, 더우면 물웅덩이에 들어가 몸을 식히고 피부에 진흙을 바른다. 길들여지기 전 돼지는 멧돼지였고 염소도 산양이었음을 새삼 깨닫는다.

국내에도 가축과 사육곰 같은 농장 동물을 위한 생츄어리가 있다. 가장 먼저 설립된 곳이 농장 돼지를 구조해 돌보고 있는 '새벽이생츄어리'다. 어린이날 근무가 끝나갈 무렵, 새벽이생츄어리에서 전화가 왔다. 돼지 '잔디'가 산책을 하다가 나무에 뿌려진 유박 비료를 먹고 쓰러졌는데 치료해줄 수의사를 찾을 수 없다는 긴급 요청이었다. 자료를 찾아보니 유박 비료에는 돼지가 먹으면 중독을 일으키는 성분이 들어 있었다. 동물원에서 미니 돼지들을 진료한 기억을 떠올리며 수액과 진통제 등을 챙겨 새벽이생츄어리로 향했다.

새벽이생츄어리에 도착하니 밤 10시였다. 기다리던 차량이 깜빡이를 켜고 앞장을 섰다. 비가 오는 산길을 따라 올라가는데 좀 으스스한 기분이 들었다. 산 중턱쯤에 다다르자 활동가들이 우리를 맞았다. 잔디는 쌀겨를 깔아 만든 푹신한 잠자리에 누워 있었다. 그러나 막상 혈관 카테터를 삽입하자 움직임이 심해 수액을 줄 수는 없었다. 간신히 혈액을 채취하고 진통제를 주사했다. 다행히 잔디는 이내 회복됐다. 얼마 후 새벽이생츄어리 활동가들이 청주동물원을 방문해 여러 이야기를 나누었다. 돼지들이 더 안전하고 편안하게 지내도록 하기 위해 불편하고 위험한 생활을 선택한 그들을 보며 영화 〈옥자〉가 떠올랐다.

　동물원에서 농장 동물의 복지가 중요한 이유는 쉽게 설명할 수 있다. 농장 동물이 대우를 잘 받고 있다면 다른 동물의 복지는 그 이상일 가능성이 높기 때문이다. 반대로 농장 동물의 열악한 환경에 비해 희귀 동물의 환경만 월등하다면, 그곳은 좋은 동물원이 아닐 가능성이 높다. 결국 동물을 생명이 아니라 가격이 있는 물건으로 보는 것이기 때문이다. 동물원이 생츄어리가 되려면, 동물을 신기한 구경거리가 아닌 온전한 생명으로 보아야 한다. 청주동물원이 그렇게 될 수 있을까? 아직 갈 길이 멀지만 계속 노력 중이다.

…

나는 생츄어리의 한국어 풀이 중 '안식처'란 말이 제일 마음에 든다. 편안할 안(安)에 숨 쉴 식(息), 안식처는 편안한 숨을 쉬는 곳이다. 동물들은 통증이 있거나 스트레스를 받으면 호흡이 빨라져 불편한 숨을 쉰다. 모든 생명이 그러하듯 청주동물원 동물들도 시간이 가면 아프거나 죽을 것이다. 그러나 살아 있는 동안만큼은 진정으로 살 만한 환경에서 생활하면 좋겠다. 정신의 고통은 동물복지사가, 몸의 고통은 수의사가 책임지고 돌보는 동안 사라지기를, 올빼미 앞에서 목소리를 낮추는 방문객의 배려도 함께 누리기를, 그리하여 되도록 편안하게 숨을 쉴 수 있기를 바란다.

이별은
기어코 오겠지만

청주동물원 꼭대기에는 동물원에서 살다 간 동물들을 추모
하는 공간이 있다. 뒷다리가 마비되었음에도 마지막까지 늠
름한 자세를 허물지 않은 호랑이 박람이부터 종양의 고통에
도 암컷의 장난을 너그럽게 받아준 사자 먹보까지, 주로 동
물원에서 생로병사를 겪은 동물들의 명패가 추모관 벽을 채
우고 있다. 벽 아래에는 이들을 기억하는 시민들의 꽃과 편
지, 아직은 죽음을 온전히 이해할 수 없는 꼬마들의 사탕과
과자가 놓여 있다.

2005년에 동물원에서 태어난 표범 직지는 부상 치료 때문

에 어미에게서 떼어 사육사가 젖병을 물려 키웠다. 직지는 빠르게 자라 몇 달 만에 다 큰 표범이 되었다. 곧이어 맹수류로 분류되어 좋아하던 사람들과 격리되었다.

직지의 노년은 사람보다 빨리 찾아왔다. 건강검진에서 신장질환이 발견되었지만 해줄 수 있는 것이 제한적이었다. 남은 시간이 많지 않아 보였다. 직지를 키운 사육사에게 오랜만에 전화를 걸었다. 아기 직지에게 밤낮으로 젖병을 물리며 키운 사육사는 직지가 다 크기 전 동물원에서 퇴사했고, 그 후 동물원을 찾은 적이 없기에 성체가 된 직지를 본 적이 없었다. 전화로 직지의 건강상태를 설명하니 사육사는 직지를 만나러 오고 싶다고 했다.

다시 만난 사육사는 흰머리가 많이 늘었지만 목소리만은 그때와 변함없이 카랑카랑했다. 높은 다리에서 쉬고 있던 직지가 우리를 보고 반색하는 것이 느껴졌다. 직지는 우리의 발걸음 속도와 방향을 가늠한 듯 만날 지점에 가서 기다렸다. 평소 사람을 워낙 좋아하던 직지라 키워준 사육사를 또렷이 기억하지는 못할지라도 민망하지 않을 정도의 훈훈한 분위기는 보여줄 거라고 예상했다.

사육사가 다가서며 "직지야" 하고 이름을 부르자, 직지는 멈칫하며 기억 속 어딘가에서 그의 목소리를 찾는 듯했다. 성큼성큼 다가온 직지는 막아선 철망이 늘어날 정도로 사육사의 품으로 쏟아지듯 안겼다. 어린 직지가 사육사에게 보였던 행동이었다. 사육사는 메이는 목을 애써 누르며 무슨 말이라도 하려 했다.

직지의 상태가 급격히 안 좋아지고 있다는 소식을 출장지의 달리는 차 안에서 전해 들었다. 더 이상 직지에게 해줄 의료적 처치는 없었다. 다만 고통의 시간이 짧기를 바랐다. 다행스럽게도 직지의 끝은 길지 않았다. 동물원 복귀 후 굳어 있는 직지를 만났다. 사인을 밝히기 위해 직지의 몸을 열 자신이 없었다. 평소 하던 부검을 CT 스캔으로 대신했다. 동물원에서 보낸 17년의 생을 마치고 직지는 하늘의 별이 되었다.

2023년 2월 10일 오후 5시, 직원들이 모두 추모관에 모여 직지를 추모했다. 두 편의 다큐멘터리를 찍으며 카메라를 응시하는 직지의 눈을 누구보다 많이 봤을 왕민철 감독도 서울에서 왔다. 누구에게나 친근하게 다가가던 직지라 행정 직원들도 마치 자신의 반려동물처럼 여겼다. 내가 먼저 직지가 살다 간 기록을 담담하게 읽었다. 직지의 마지막 몇 년을 함께한 동물복지사는 손수 써온 편지를 낭독했다. 어느 행간에서

사람 손에 길러진 직지는

추모관 명패가 되어서야

다시 사람과 가까이 지낼 수 있게 되었다.

는 침묵이 길게 흘렀고, 직원들은 같은 침묵으로 동물복지사를 위로했다. 맹수가 되어서는 창살로 된 방에 격리되어 사람을 그리워하며 살던 직지. 추모관 명패가 되어서야 비로소 사람과의 사이에 있던 장애물이 사라졌다.

　성체가 되기 전, 직지가 송곳니로 내 팔목을 문 적이 있다. 사육사의 부탁으로 직지를 내실로 옮기던 중 목덜미를 들어 올린 미숙한 내 손에 직지가 통증을 느꼈던 것이다. 물긴 했으나 직지 자신도 놀라 내실로 도망가버렸고, 나도 놀란 채 깊게 뚫린 손목의 상처를 지혈하며 응급실로 향했다. 직지와의 추억이 옅어지는 만큼이나 팔목의 흉터도 희미해졌다.

…

수사자 먹보는 2003년 대전의 한 동물원에서 태어나 다른 암사자와 함께 어린 나이에 청주로 오게 됐다. 당시 동물원에선 신규 동물을 들여오는 일이 최고의 이벤트였다. 더욱이 사자를 무료로 분양해주는 기회라 놓치지 않으려 서두르다 보니 사자들이 살 공간과 난방시설을 제대로 갖추진 못한 상태에서 덜컥 데려온 것이었다.

산속 동물원에는 어김없이 겨울이 왔다. 어린 아프리카 사자들은 한구석에 잔뜩 웅크려 있었고, 나눌 수 있는 건 오직 서로의 체온뿐이었다. 사자들이 그렇게 힘겨운 겨울을 보낸 뒤, 그 이듬해에 적지만 예산이 편성되어 전시 방사장이 좀 더 확장됐고 내실에는 온풍기가 들어왔다.

어린 수사자는 사춘기 소년의 수염처럼 짧은 갈기가 나기 시작했다. 수사자는 식욕이 왕성해 사육사들이 '먹보'라고 불렀다. 3년이 더 지나자 먹보의 모습은 마치 애니메이션 〈라이온 킹〉의 사자 왕 무파사 같았다. 두 사자는 잠을 잘 때도 각별해서 침상 하나는 비워놓고 또 다른 침상에서 같이 잤다. 공간은 여전히 좁았지만 서로를 의지하며 보내는 날들은 나쁘지 않아 보였다.

중년이 된 어느 날, 암사자는 열이 나는지 나무 침상에서 내려와 차가운 바닥에서 잤고, 며칠 후에는 응급 상태가 되어 누워 있기만 했다. 안정을 위해 아픈 암사자를 내실에 격리하고 먹보는 방사장에 있게 했다. 먹보는 암사자가 있는 내실로 들어가고 싶은지 출입문 주위를 서성였다. 얼마나 서성였던지, 밥도 안 먹고 같은 자리만을 맴돌던 먹보의 털에 쓸려 벽에 칠해둔 파란색 페인트가 흐릿하게 지워졌다. 부검 후 알게

된 사실이지만, 암사자는 담낭이 터져 복막염으로 폐사한 것
이었다.

혼자 남은 먹보는 암사자의 부재를 받아들이지 않는 듯 보
였다. 해외 동물원에선 사회성이 강한 사자가 홀로 남았을 때
의 정신적인 고통을 감안해 안락사를 시킨 사례도 있었다. 그
러나 나를 포함해 우리 팀원들 모두 건강한 사자를 안락사시
킨다는 것에 동의하기가 어려웠다.

먹보가 힘겨운 몇 달을 보내던 중 서울동물원의 암사자 한
마리가 무리와 어울리지 못해 홀로 있다는 소식이 들렸다. 그
렇게 암사자 도도는 임대 형식을 통해 청주로 오게 되었다.
새로 온 암사자는 이름처럼 도도한 눈빛을 지니고 있었다. 암
사자가 마냥 반가운 먹보와 달리, 도도가 먹보를 룸메이트로
여기기까지는 다소 시간이 걸렸다.

청주에 온 후로도 도도의 삶에는 우여곡절이 많았다. 번식
하지 않은 암사자에게 자주 발생하는 자궁축농증이 생겨 복
강을 열어 자궁절제술을 받았고, 2년 후에는 장난감으로 넣
어준 커피콩 자루를 삼키는 바람에 소장을 절개하는 수술을
받았다. 다행히 도도는 그럴 때마다 기적처럼 건강을 회복해
서 불안해 하는 먹보를 안심시켰다.

　수사자 먹보는 무분별한 번식에 의해 공간이 부족해지거나 번식된 새끼가 열악한 환경의 동물원으로 보내지는 것을 막기 위해 불임수술을 받았다. 그런데 예상치 못하게 수술 후 갈기가 빠지는 바람에, 먹보는 머리가 좀 큰 암컷으로 오해를 받으며 살았다. 먹보는 도도와 함께 국비 사업의 일환으로 넓어진 방사장의 나무 그늘 아래에서 비교적 안락한 노후를 보냈다. 사자들의 좋은 시절은 빠르게 흘러갔다. 어느 날 바람이 차가워지더니 사자들에게 그늘이 되어준 큰 나무의 푸른 잎들은 사자의 털색이 되어 떨어지기 시작했다. 먹보의 삶도 서서히 지고 있었다.

…

　스무 살 먹보는 식욕과 움직임이 현저히 줄어들었다. 몇 주 동안 겨우 버티고 있던 자세는 곧 허물어질 것만 같았다. 가끔씩 일그러지는 먹보의 얼굴에서 고통이 보였다. 먹보의 병을 진단하기 위해 수의대 부속동물병원으로 MRI를 찍으러 가기로 했다. 검진을 위해 가지만 손쓸 수 없는 상태라면 깨우는 것보다는 마취 상태일 때 고통 없이 보내주는 것이 마지막으로 해줄 일이라고 생각되어 안락사 약물을 챙겼다.

　마취를 위해 먹보에게 갔다. 영문도 모르고 아픈 주사를 맞는 것은 동물에게도 힘든 일이다. 지금까지는 블로건을 보면 화를 많이 내던 먹보였지만, 그날은 반응이 없었다. 주사기를 들고 먹보가 앉아 있는 내실 창살 앞에 쭈그리고 앉아 먹보의 눈을 한참 바라보았다. 아무런 원망도 없는지 눈빛이 텅 비어 있었다.

　내실 문을 열어 방사장에 있던 도도를 마지막으로 불러들였다. 내실에 들어온 도도는 나를 보고 순간 멈칫했지만, 먹보에게 다가와 얼굴을 비벼댄 후 다시 밖으로 나갔다. 사자들의 이별은 간결했고 모든 순리를 받아들이는 듯했다. 이제는 내 차례였다. 먹보의 엉덩이 근육을 향해 블로건을 불었다. 잠시 후 잠든 먹보의 얼굴은 모처럼 편안해 보였다.

　MRI 영상을 통해 본 먹보의 몸속에는 다발성 종양이 가득했다. 이제 결정을 내려야 했다. 나는 어떤 의식을 치르는 것처럼 손목시계와 동물사 열쇠를 책상 위에 두고 영상실로 들어갔다. 혈관에 바늘을 꽂고 주사에 들어온 혈액을 밀어내자 먹보의 가슴이 더 이상 부풀지 않았다. 먹보는 여전히 편안한 얼굴이었다.

먹보의 마지막 날.

먹보의 눈을 한참 바라보았다.

항상 아프게 주사를 놓던 나를

먹보는 어떻게 기억할까.

...

언제부터인가 나는 오랜 시간 보아온 나이 든 동물들에게 잘
가지 않는다. 그런 존재들과는 거리를 두는 게 마음이 편했
다. 감상에 치우치면 동물들의 마지막 순간에 제대로 결정을
내리지 못하고 불필요한 고통의 기간만 연장시킬까 봐 걱정
되어서였다.

얼마 전, 캐나다에 있는 딸아이가 방학을 맞아 한국에 들어
왔다. 고모네 맡겨놓은 반려견 둥이와 3년 만에 눈물겨운 재
회를 하고 몇 주 동안 밤낮을 함께했다. 그러나 막상 캐나다
로 떠나기 며칠 전부터는 둥이를 보려 하지 않았다. 이별의
아픔을 딸아이도 알고 있는 것이다.

딸을 캐나다로 데려다주기 위해 휴가를 냈다. 캐나다에 머
무르는 동안 딸과는 주로 나무가 우거진 동네를 산책했고, 아
내가 퇴근하면 셋이서 저녁을 지어 먹었다. 하루에 충실한 날
들이었다. 아내는 내 표정이 결혼 이후에 가장 편해 보인다고
했다.

다시 한국행 비행기를 타야 하는 새벽, 딸이 깨지 않기를
바라며 조용히 집을 나섰다. 공항으로 달리는 차 안으로 동트

는 하늘의 붉은 빛이 번졌다. 아무 말도 하지 않는 택시기사에게 고마울 따름이었다. 마음속으로 딸에게 인사를 건넸다.

'앞으로 우리 헤어질 걱정으로 귀한 순간을 허비하지 말자. 해가 뜨고 지는 것처럼 이별의 날은 기어코 오고 말겠지만, 새벽하늘을 물들이는 그리움이 있다면 다시 만날 수 있으니까.'

———— ✳ ————

아직 방문객들이 오지 않은 일요일 이른 아침, 진료 카트를 타고 동물원을 빠르게 한 바퀴 돌면서 밤새 동물들이 잘 있었는지 관찰한다. 수달은 아직 자는 중이고 미니 말 사라는 건초를 씹고 있다. 늑대들은 진료 카트가 달리는 속도에 맞춰 뛰어온다. 식욕이 넘치는 반달가슴곰들은 동물복지사의 기척에 아침식사를 기대하며 분주해진다. 나이 든 호랑이 이호는 일찍 눈을 떴지만 몸이 무거운지 그대로 누워 있다. 스라소니는 사냥할 일이 없어도 나무기둥에 발톱을 열심히 갈고 있다. 무플론은 새로 수선한 지붕이 낯선지 그 아래 놓인 건초 통에 다가가기를 주저한다.

사자 도도는 열선이 깔린 돌 평상에 배를 깔고 누워 있고, 바람이는 나무 아래 낙엽이 푹신한 곳에 자리를 잡는다. 날이 쌀쌀해서인지 구름이는 내실에 머문다. 염소들은 얼마 전 만들어준 바위 동산을 오르락내리락하며 오래전 산양이었던 자신을 되새기는 듯하다. 염소와 같이 지내는 미니 돼지(라고 하기엔 결코 작은 않은) 태돌이는 코를 골며 자고 있다. 10년 넘게 같이 살던 암컷 태순이가 종양으로 세상을 뜨고 나서는 꽤나 의기소침하다.

영구 장애를 입고 구조된 뒤 부산야생동물치료센터에서 지내다 우리 동물원으로 온 수리부엉이는 높은 선반에 몸을 숨긴 채 눈만 내놓고 있다. 머리에 솟은 양쪽 깃이 있어 초등학생들의 표현대로 비읍(ㅂ) 자처럼 보인다. 수리부엉이와 함께 온 참매는 내가 다가서자 움켜쥐고 있던 쥐를 놓아버리고 선반 위로 도망간다. 둘 다 동물원 환경에 적응하려면 시간이 꽤 필요하겠다.

새끼 때 구조된 오소리 군밤이는 날이 추워지니 동면에 들어갔는지 얼굴 보기가 힘들다. 야생동물은 배우지 않아도 계절에 순응하는 법을 안다. 너구리 헌구리는 내실에서 머리만 내놓고 있다. 겨울이 되면 기생충 감염으로 털이 빠진 야생너구리들이 먹이를 구하기 쉬운 동물원에 오고는 하는데, 헌구리를 위해서라도 야생너구리들의 기생충을 치료해야겠다고 머릿속으로 계획해본다.

다른 여우들은 다 자고 있는데 유독 한 마리만 깨어 나를 쳐다본다. 먹이를 가져오는 동물복지사의 카트와 헷갈린 것 같다. 여우를 실망시킨 것 같아 조금 미안해진다. 평소에 나와 거리를 뒀던 수컷 히말라야타알은 번식기 호르몬이 충만해져 호기롭게 다가오다가 이내 따끔한 마취주사를 맞았던 기억 속에서 내 모습을 찾아내고 걸음을 멈춘다. 수컷의 자존심을 지켜주기 위해 자리를 피한다.

물새장의 아침은 활기차다. 동물복지사가 야채를 뿌려주자 낮에는 잘 보이지 않는 원앙까지 날아든다. 캐나다기러기 가족도 줄을 지어 수조로 향한다. 뒤처져 따라가던 한 마리는 동물복지사와 마주치자 당황한 기색이 역력하다.

...

동물 종별로 공통된 특성을 지니고 있기는 하지만, 개체마다 보내는 일상은 조금씩 다르다. 같은 고양잇과 맹수라도, 커다란 물새장에서 함께 지내는 새들이라도 저마다의 방식으로 하루를 산다. 자기만의 일상을 오롯이 누릴 수 있을 때 동물들은 비로소 평온하다.

동물을 돌보는 일은 동물들이 평범한 하루를 보낼 수 있게 해주는 것이다. 돌본다는 것은 개체별 특성을 이해하고 필요한 것을 해주며 끝까지 책임지는 일이다. 좋아하는 마음만으로는 부족하다. 많은 애를 써야 하고, 기쁨은 잠깐이며, 오래 슬프고 종종 그립다. 이 마음 또한 수의사의 일이라 받아들인다.

책의 출간을 제안해주고 끝까지 책임지기로 해준 어크로스 출판사에 감사드린다. 멀리 있는 딸 김다민과 아내 이세란에게 안부를 전한다. 나는 야생동물처럼 주어진 하루를 온전히 살아가고 있으니, 걱정 말고 건강하게 잘 지내기를.

아프다고 말해주면 좋겠어

초판 1쇄 발행 2026년 1월 8일

지은이 김정호
발행인 김형보
편집 최윤경, 강태영, 임재희, 홍민기, 강민영, 박지연, 김아영
마케팅 이연실, 김보미, 김민경, 고가빈 **디자인** 김지은, 박현민 **경영지원** 최윤영, 유현

발행처 어크로스출판그룹(주)
출판신고 2018년 12월 20일 제 2018-000339호
주소 서울시 마포구 동교로 109-6
전화 070-5080-4037(편집) 070-8724-5877(영업) 팩스 02-6085-7676
이메일 across@acrossbook.com **홈페이지** www.acrossbook.com

ⓒ 김정호 2026

ISBN 979-11-6774-260-5 03810

만든 사람들
편집 최윤경 **교정** 이진숙 **디자인** [★]규